KERITAI SENAKA
by Risa WATAYA

Copyright © 2003 by Risa WATAYA
All rights reserved.
First published in Japan in 2003 by KAWADE SHOBO SHINSHA Ltd. Publishers, Tokyo
Korean translation rights arranged with KAWADE SHOBO SHINSHA Ltd. Publishers, Tokyo
through Japan Foreign-Rights Centre/ Shinwon Agency Co.

발로 차 주고 싶은 등짝

와타야 리사 장편소설 정유리 옮김

㈜자음과모음

차례

7 ━━ 나머지 인간

42 ━━ 올리짱 오타쿠

69 ━━ 삐딱한 외톨이

93 ━━ 발로 차 주고 싶은 등짝

144 ━ 옮긴이의 말

나머지 인간

쓸쓸함은 울린다.

귀가 아플 정도로 높고 맑은 방울 소리로 울리며 가슴을 죄어 오기 때문에, 나는 적어도 주위에는 들리지 않도록, 프린트를 손가락으로 찢는다.

가늘고 길게, 가늘고 길게.

종이를 찢는, 귀에 거슬리는 그 소리는, 고독이 내는 소리를 지워 준다. 따분해하는 것처럼 보여 주기도 하고.

엽록체? 아나카리스*? 흥, 하는 이 태도.

당신들은 미생물을 보고 야단법석을 떨지만(쓴웃음), 난 사양하겠어요. 벌써 고등학생이고. 뭐, 당신들을 곁눈질하면서 프린트라도 찢지요, 따분하게, 라는 듯한 이 태도.

까만 실험용 책상 위에 놓인 종잇조각들 위에 또 하나, 국수 가락처럼 가늘고 긴 종잇조각을 올려놓는다. 종잇조각으로 쌓은 높은 산, 내 고독한 시간이 응축된 산.

시간이 흘러도 현미경을 볼 차례는 돌아오지 않는다. 같은 조 여자아이들은 즐거운 듯 법석을 떨며 번갈아 현미경을 들여다보고 있다. 그녀들이 움직이거나 웃을 때마다 일어나는 작은 먼지가 창문으로 비춰드는 햇살을 받아 아름답게 빛난다. 이 정도 날씨라면 분명 현미경도 선명하게 보일 테지.

아까부터 반사경이 햇빛을 반짝반짝 튕기며 내 눈을 쪼아 댄다. 창가의 검은 커튼을 모두 내려서 이 과학실을 암흑으로 만들어 버리고 싶다.

"오늘은 실험이니까 다섯 명이 적당히 한 조를 만들어 앉도록."

선생님이 별생각 없이 던진 그 한마디로 인해 과학실 안은 심상치 않은 긴장감이 일었다. 적당히 앉으라고 했다고 정말로 적당히 앉는 사람은, 단 한 명도 없다. 극히 일순간에 치밀한 계산―다섯

---

*아르헨티나가 원산지인 다년초 수중식물. 일본의 중고등학교에서 세포 관찰용으로 흔히 쓴다.

명 전부 친한 친구끼리 뭉치게 될지 아니면, 모자라는 부분을 남는 아이들로 채워야 할지— 이 이루어지고, 친구를 찾아 헤매는 시선들이 순식간에 뒤엉켜 조가 짜인다. 어느 시선끼리 묶이게 될지 나는 손바닥 보듯 환히 알 수 있었다. 고등학교에 입학해서 아직 2개월밖에 되지 않은 6월의 이 시점에, 반 아이들의 교우관계를 도표로 그릴 수 있는 사람은 기껏해야 나 정도일 것이다. 정작 나 자신은 도표의 틀 밖에 있으면서.

유일하게 믿고 있던 기누요에게도 버림받고 "누구 남은 사람 없어요?" 하는 질문에 손을 들어 올릴 때의 그 비참함. 적어도 입으로 대답했으면 좋았을 것이다. 아무 말 없이 눈을 희번덕거리면서 얼굴 높이까지 손을 들어 올린 내가 마치 무슨 요괴 같았겠지. 또 다른 나머지 한 사람도 나처럼 비굴하게 손을 들어 씁쓸했다. 들어 올린 이 손으로, 아직까지 반에 친구가 없는 사람은 나와 또 한 명의 그 남자아이, 니나가와뿐이라는 사실이 명백해졌다.

인원수 관계상 나와 니나가와를 자기네 조에 끼워 넣을 수밖에 없었던 여자아이 세 명은 당연하다는 듯 남아 있던 부실해 보이는 목제 의자를 나와 니나가와에게 할당했다. 아니, 할당했다기보다 자연스럽게 우리들 앞으로 굴러왔다는 편이 옳겠다. 나머지들에게는 남은 물건이 제격이니까. 따돌림이 아니다. 극히 자연스러운 일이다. 잘 어울리니까, 딱 들어맞으니까, 어쩔 수 없는 일이다.

등받이와 다리 부분의 검은 칠이 여기저기 벗겨져 나무 속살이 다 드러난 의자는 오렌지색 쿠션까지 벌레가 먹어 다른 아이들이 앉아 있는 철제 의자에 비하면 의자라 하기에도 민망한 고물이었다. 의자의 네 다리는 몸을 조금만 움직여도 포테이토칩을 씹을 때처럼 와삭와삭 부서지는 소리를 내며 삐걱거린다. 그래서 나는 고개만 조용히 옆으로 돌려, 내 옆에 나와 같은 종류의 의자에 앉아 있는 또 한 명의 나머지 인간을 바라보았다.

그는 선생님에게 들키지 않기 위해 무릎 위에 잡지를 펼쳐 놓고 읽으며 시간을 죽이고 있었다. 아니, 그건 읽는 게 아니다. 읽는 포즈를 취하고 있을 뿐이다. 그러니까 어두운 표정으로, 아무 데도 보고 있지 않은 멍한 눈으로, 오로지 같은 페이지만 주시하고 있다.

우리는 반 아이들이 즐겁게 웃을 때마다, 선생님이 "조별로 협력해서 스케치하세요"라고 말할 때마다, 한 살씩 나이를 먹어 간다. 그리고 잡지를 보거나 프린트를 찢거나 하면서 어떻게든 이 무료한 시간을 때움으로써 급격한 노화를 필사적으로 막고 있는 것이다.

그런데 이 남자아이는 어딘가 이상하다. 어디가 이상한 건지 잘 모르겠지만, 이 애를 계속 바라보고 있자니, 된장국 속에 든, 모래가 채 빠지지 않아 서걱거리는 조개를 씹었을 때와 같은 섬뜩한 이

질감이 일순 꿰뚫고 지나간다. 뭔지 알 수 없어 답답하다. 뭐지, 뭐가 이상한 거지?

아, 그래! 잡지다! 그가 보고 있는 잡지가 이상한 거다. 한쪽 눈썹을 치켜 올린 채 이쪽을 응시하고 있는 여자 모델이 크게 실린 표지, 〈캐주얼한 여름 소품으로 GO!〉라는 표제.

여성 패션 잡지잖아?

그것도 수업 중에 당당히 펼쳐 놓고 있다.

졌다, 졌어.

수업 시간에 여성 패션 잡지를 펼쳐 놓고 볼 수 있는 이 애에 비하면 나의 프린트 찢기는 너무 무난하다. 쓸모없는 프린트만 찢고 있는 나는 그저 인간 종이 분쇄기에 지나지 않는다. 그나저나 이런 패션 잡지를 본다는 걸 반 아이들이 알면 얼마나 재수 없어 할지 그는 알기나 하는 걸까?

의자의 쿠션 부분을 양손으로 잡고 엉덩이에 붙인 채 달팽이처럼 그의 곁으로 다가가 잡지를 넘겨다본다. 틀림없다. 역시나 여성용 패션 잡지다. 끈나시 같은 여름옷을 몸에 두른 모델들이 화려한 포즈를 취하고 있다. 내가 옆에 있는 것을 아는지 모르는지, 그는 고양이 등을 하고서 계속 같은 페이지만 주시한 채 꿈쩍도 않는, 넋 나간 상태다.

"재미있어? 그런 거 보면?"

고개를 든 니나가와의 얼굴에 나는 흠칫했다. 앞머리가 너무 길다. 간장을 병째로 머리에 쏟아부은 것처럼 무겁고 까만 긴 앞머리 속에서, 경계하듯 빛나는 눈동자가 나를 보고 있다. 머리카락에 가려 눈이 잘 보이지 않는 대신 반쯤 벌어진 입 속에 뾰족뾰족 고르지 못한 이빨들이 오히려 두드러져 보인다. 니나가와는 아무 말 없이 다시 고개를 숙이더니, 이번에는 나를 피하듯 양어깨를 움츠리고 다시 잡지로 눈길을 돌린다.

아무래도 무시당한 것 같다. 자리를 옮기면서까지 여기에 왔는데 무시를 당하고 보니 마땅히 물러갈 방법이 떠오르지 않는다. 별생각 없이 그가 보고 있는 잡지를 뒤에서 넘겨다보았다. 그러자 잡지의 지면 속에 어딘가 낯익은 듯한 웃는 얼굴이 보였다.

"……아."

이 사람, 내가 아는 사람이다. 잡지 속에서 폭이 좁은 청바지를 입고 기분 좋은 듯 기지개를 펴고 있는 이 모델을, 중학교 1학년 땐가 만난 적이 있다. 이런 동네에서 모델 같은 유명인을 만난다는 건 굉장히 드문 일이기 때문에 그때 한동안은 일부러 이 사람이 나온 잡지를 사고, 이 웃는 얼굴을 손가락으로 가리키며 반 아이들에게 자랑하고는 했다. 그때와 똑같이, 그녀의 웃는 얼굴에 손가락을 가져간다.

"나, 역 앞의 무지*에서 이 모델 만난 적 있어."

돌연 니나가와가 내 쪽을 돌아보았다. 그 탓에 의자 다리가 삐빼
로 과자를 베어 무는 듯한 가벼운 소리를 냈다.

"잘못 봤겠지."

"아니야! 혼혈아 같은 이 얼굴, 똑똑히 기억나."

코가 오뚝하고 윤곽이 뚜렷한 얼굴인데 눈만 동양적인 외꺼풀이
었던 그 얼굴은, 개성적이라 똑똑히 기억하고 있다.

"왜, 옛날 서양 건물 같은 커다란 시청 건물 있지? 거기에서 잡지
화보 촬영이 있어서 이 동네에 왔다고 했었어."

니나가와가 영혼마저 함께 빠져나갈 것만 같은 깊은 한숨을 쉬
었다. 그러고는 한 손으로 앞머리를 움켜쥐듯 이마를 짚었다. 뭔가
말하지 말았어야 할 것을 말한 건가?

"니나가와, 하세가와, 지금 딴짓할 때가 아닐 텐데."

각 조를 돌아보던 선생님이 다가왔다.

"시험에 미생물 그리기 문제를 낼 테니까, 현미경 배율을 잘 맞
춰서 세밀한 부분까지 잘 봐 두도록. 교과서 23페이지 원핵생물 확

---

*일본의 대중적인 잡화점.

대 사진도 잘 봐 두고.”

선생님이 지나가자 니나가와는 재빨리 책상 밑으로 숨겼던 잡지를 가방에 넣었다. 그리고 그 대신 교과서를 꺼내 23페이지를 펼치더니 문장에 거칠게 빨간 줄을 치기 시작했다. 책장이 빨간색으로 물들어 간다. 첫째 줄도, 둘째 줄도, 셋째 줄도……. 23쪽에 그렇게 많은 체크 포인트가 있을 줄이야.

“빨간색투성이네.”

압도당해서 중얼거리자 선이 크게 일그러진다. 니나가와의 손이 떨리고 있다. 꾹 눌러 쥔 펜 끝에서 빨간 잉크가 새어 나와 종이에 동그란 얼룩이 서서히 번져 간다. 어쩌면 나, 이 이상 간섭하지 않는 게 좋을지도 몰라. 빨간 얼룩이 이미 핏물로밖에 보이지 않는다.

의자를 들고 종종걸음으로 물러나면서 그에게 희한한 동료 의식을 느껴 버린 나 자신도, 요상한 행동을 하는 니나가와도 증오스러워졌다.

내 자리로 돌아오자 책상 위에 쌓아 올리던 종잇조각 산이 없어지고 대신 주변 바닥이 군데군데 하얗게 되어 있었다. 창문에서 불어 들어온 바람이 산을 휩쓸고 지나가 종잇조각을 바닥으로 날려 버린 것이다. 곧장 몸을 숙여 종잇조각을 주우려고 했지만 과학실 수조의 비린내를 실은 바람이 종잇조각들을 휙휙 날려 보낸다. 도망가는 종잇조각을 잡으려고 개구리처럼 팔짝팔짝 뛰어다니는 내 모습에는 일말의 따분한 기색도 남아 있지 않고, 이젠 질렸다. 뭘 해도 제대로 되질 않는다.

간신히 주워 모은 종잇조각을 전부 책상 위에 올려놓고 다시는 바람에 날리지 않도록 재빨리 책상 위에 엎드려, 어미 새가 둥지를 지키듯 종잇조각의 산을 팔로 감싸 안았다. 얼굴에 종이 끝이 닿아 간지럽다.

한쪽 귀를 약품 냄새나는 책상에 붙이고 눈을 감자 아나카리스의 세포를 그리는 연필심이 종이를 통과해 책상에 부딪히는 사각사각하는 소리가 고막에 전해진다. 그것 말고도 현미경을 찰카닥거리는 소리, 얘기 소리, 즐거운 듯 웃는 소리도. 하지만 내가 있는 곳에는 종잇조각과 정적뿐. 같은 책상을 쓰고 있어도 저쪽 언덕과 이쪽 언덕은 이렇게나 다르다. 하지만 웃음소리 가득한 저쪽 언덕 또한 나름대로 숨이 막힌다는 것을 나는 잘 알고 있다.

쉬는 시간을 알리는 차임벨 소리에 잠이 깼다. 눈을 떴지만 하얀 것이 시야를 가로막고 있어서 앞이 보이지 않는다. 종잇조각의 둥지 안에서 졸고 있던 탓에 이마에 프린트 조각이 눌러 붙어 있다. 눈을 한 번 깜박이자 이마의 피지를 흡수한 종이가 속눈썹에 닿아 소리도 없이 떨어졌다.

그러자, 눈앞에, 눈이 있었다. 나와 똑같이, 얼굴을 책상 위에 올려놓은 니나가와가, 텅 빈 눈으로 나를 보고 있었다.

그건 죽은 사람의 얼굴이었다. 정말이지 죽은 사람의 얼굴이었다.

"알았으니까, 빨리 관찰 노트나 베껴. 제출 기한이 오늘 오후 4시까지라니까."

"그래도 그 얼굴이 잊혀지지 않아……. 동공이 열린다는 건 분명히 그런 상태를 말하는 걸 거야. 눈동자가 새까맸다고."

"니나가와는 일본 사람이니까 눈동자가 까만 게 당연하지."

그게 아니야.

나를 보고 있는 듯하면서도 보지 않고 있던 그의 눈에선 생기가 몽땅 빠져나가 있었다. 인간에게 생명의 전기가 흐르고 있다는 가정하에 생생한 사람의 눈일수록 반짝반짝 빛난다고 한다면, 니나가와의 눈은 완전히 정전 중이었다.

"게다가 나, 니나가와네 집에 초대받았어."

"왜?!"

"그건 내 쪽에서 묻고 싶은 말이야. 느닷없이, '오늘 수업 끝나고 우리 집에 올래?' 하더라고. 그 눈엔 웬지 거역할 수가 없어서 고개를 끄덕이긴 했지만, 괜찮을까?"

"너한테 반한 거 아냐?"

기누요는 태평하게 웃었다. 남의 일이라는 태도다.

"중학생 때부터 함께 지낸 단짝 친구한테도 버림받은 난데, 그럴 리가 있겠어?"

"에이, 갑자기 또 그런 말한다."

기누요는 거북한 듯 입을 다물었다. 거북한 듯이라고는 해도, 그 거북한 기분을 즐기고 있기라도 한지 입가가 고양이처럼 말려 올라가 있다.

"미안, 급캔슬*해서. 그게 말이야, 하쓰가 우리 조에 들어오면 우리 그룹 애들 중에 한 명이 다른 조로 가야 했다고."

'급캔슬'이라는 가벼운 어투와 어깨를 들썩이는 제스처가 맘에 안 든다. 고등학교에 들어와서부터 화장을 시작한 기누요는 눈꺼풀에 하얀 아이섀도를 덕지덕지 발라 눈을 깜박일 때마다 새를 연상시킨다. 중학생 때는 새까맣던 머리도 일명 '겁쟁이 염색'이라 불리는, 선생님에게 들키지 않을 정도의 갈색으로 염색했다.

"뻔뻔하게 '급캔슬'이 뭐니? 적어도 갑작스럽게 캔슬해서 정말 미안해, 하고 정중하게 사과해야 되는 거 아냐?"

---

* 막바지에 갑자기 취소한다는 뜻의 속어.

나는 가는 고무줄로 묶은 작고 뾰족한 참새 꼬리 같은 머리 꽁지를 손가락으로 튕기며 말했다.

　"…… 갑작스럽게 캔슬해서 정말 미안해."

　"아직도 '캔슬'이라는 말이 뭔가 있어 보여서 열 받으니까, 이번에는 막판에 배신해서 정말 미안해, 라고 한 번 해 봐."

　"트럼프 시작한다, 기누요!"

　돌아보니 교실 가장자리에 손짓으로 기누요를 부르는 '기누요네 그룹'이 있었다. 그들 중에 가장 눈에 띄는 사람은 키가 크고 제법 덩치가 있는, 긴 머리를 예술적일 정도로 복잡하게 땋아 내린 여자아이다. 관악부라고 했던가? 확실히 그녀는 폐활량이 좋아 보인다고나 할까, 아무리 커다란 관악기도 너끈히 불 수 있을 것 같다. 그녀 옆에 있는 사람은, 다른 학생들은 전부 하복 블라우스를 입고 있는데 혼자만 동복 블라우스를 고수하고 있는 단발머리의 신비 소녀. 그녀들 뒤편에는 야구부의 까까머리로 입은 잘만 나불거리면서 눈으로는 늘상 남의 눈치를 살피는 듯한 마른 체형의 남자아이와, 쓸데없이 목소리만 크고 늘 껄렁대는 남자아이가 이쪽을 보고 있었다. 모두 얼굴도 체형도 가지각색이라 여러 종류의 잡초를 한데 모아 묶어 놓은 다발 같다. 기누요는 어리광을 부리는 듯한 목소리로 "금방 갈게" 하고 대답한다.

"괜찮아. 생물 시간에는 하쓰를 나 몰라라 하고 말았지만, 이제부터 우리 그룹에 넣어 줄게. 자, 빨리 관찰 노트 베끼고 같이 트럼프 하자."

"쟤들이랑 같이?"

엷은 웃음을 지어 보였다.

"비딱하게 좀 보지 마."

"비딱하게 보는 거 없어. 너무나도 비딱하지가 않아서 탈이지."

내 말을 무시한 채 기누요는 자기네 그룹을 만족스러운 듯 바라본다.

"나, 옛날부터 남녀 혼성 그룹을 동경해 왔잖아."

"확실히 남녀 혼성 그룹이긴 한데, 누가 여자고 누가 남잔지 모르겠다."

나는 아나카리스의 세포가 아니라 그들의 캐리커처를 빠른 손놀림으로 그려 냈다. 완성하는데 한 사람당 5초 정도밖에 걸리지 않았는데도 특징이 잘 포착되어서 네 명 전원 모두 미안하리만치 닮아 있었다. 기누요에게 보여 주자 그녀는 조용히 웃으며 종이를 뒤집어 책상 위에 살짝 올려놓는다. 그녀의, 웃길 때는 솔직하게 웃어 버리는 부분이, 나는 좋다.

"기누요."

"응?"

"혼자서 이야기하고 있으면 무슨 이야기를 해도 혼잣말이 되어 버리잖아. 당연한 소리지만. 그래서 좀 비참하다고 할까, 뭐랄까."

"알아, 알아. 상상하는 것만으로도 힘들 것 같은데 뭐. 그러니까, 나랑 같이 쟤들이랑 한 그룹이 되면 좋잖아? 자, 트럼프."

"싫어. 그냥 둘이서 계속 잘 지내면 안 돼?"

"그건 사양하고 싶어."

기누요는 머리 꽁지를 흔들면서 책상을 둘러싸고 야단법석을 떨고 있는 잡초 다발들에게 달려가 버린다. 왜 저렇게 섞이고 싶어 하는 걸까? 같은 용액에 잠겨 깊이 안도하고, 다른 사람들에게 용해되는 것이 그렇게 기분 좋은 것일까? 나는 '나머지 인간'도 싫지만 '그룹'에 끼는 것은 더더욱 싫다. 그룹의 일원이 된 순간부터 나를 포장하지 않으면 안 되는, 아무짝에도 쓸모없는 것이니까.

중학생 시절, 얘깃거리가 떨어지면 서로 눈 둘 데를 몰라 하고, 별 볼일 없는 화제를 끈질기게 붙들고 늘어지고, 그리고 어떻게든 분위기를 띄워 보려고 요란하게 웃어 대던 그 시절, 수업과 수업 사이 10분간의 쉬는 시간이 나는 영원처럼 느껴졌다. 내 자신이 그랬기 때문일까, 나는 억지로 웃고 있는 사람을 금방 알아챌 수 있다. 큰소리로 웃고 있지만 미간에는 주름이 잡히고, 눈은 고통스러운 듯 가늘어지고, 으레 잇몸이 다 드러날 정도로 입을 쫙 벌리고 웃고 있다. 얼굴의 부분 부분을 보면 조금도 웃고 있지 않기 때문에 금방 알 수 있다. 기누요는 정말로 재미있을 때만 웃을 수 있는 아이인데도 그룹 속에 끼면 언제나 그렇게 억지로 웃곤 한다. 그런 행동을 고등학교에 들어와서까지 계속하려고 하는 기누요를 나는 이해할 수가 없다.

해 질 무렵, 서클 활동을 마친 나를, 니나가와가 교문 앞에서 기다리고 있었다. "왔어?"라고 한마디를 건넸을 뿐 더 이상 아무 말이 없는 그의 뒤를 따라 우리 집과 정반대 방향의, 한 번도 지나다닌 적 없는 좁은 길로 들어섰다. 앞서 걷는 니나가와의 그림자가 검고 길게 드리워져 공교롭게도 뒤따라가는 내 발치에 그의 머리 부분이 놓여 있다. 그림자를 밟을 때마다 교과서가 든 가방이 무거워지는 기분이 든다.

주변의 신축 양옥들과 달리 니나가와네 집은 낡은 단층집이었다. 철문 안쪽으로 축축해 보이는 납작한 돌들이 깔려 있고, 그 끝에 미닫이식의 작은 현관문이 있다. 니나가와가 문을 열자 문은 가늘고 긴 비명 소리를 내며 삐걱거렸다. 문패에 새겨진 '니나가와 (蜷川)'의 첫 글자는 충 변이 들어가는 처음 보는 어려운 한자였는데 어딘지 모르게 달팽이를 연상시켰다.

집에 들어가기 전에 "실례합니다"라고 인사했지만 어두침침한 방 안에서는 아무런 대답이 없다.

"부모님은 일하러 나가고 안 계셔."

그는 신발을 벗고 조용히 집 안으로 들어간다. 옛날 집이라 그런지 천장이 낮고 전체적으로 조촐하고 아담하다. 현관 정면에 있는 장지문은 닫혀 있었다. 니나가와가 그 옆에 있는 반투명 유리문을 열자 마루가 깔린 어둑어둑한 복도가 나타났다. 길게 이어진 복도를 걷는 동안 양말을 통해 마룻바닥의 냉기가 발바닥에 스며든다. 지금이 초여름이라는 사실을 잊게 만드는 집이다. 복도 끝에 있는 미닫이문 밖으로 햇빛이 잘 들지 않는 안뜰이 나왔고, 섬돌 위에 슬리퍼가 세 개 놓여 있었다. 니나가와는 말없이 슬리퍼를 신고 뜰을 가로지른다. 나도 슬리퍼를 신고 뜰에 내려섰다. 뜰은 분재나 헌 잡지, 작은 구식 세탁기와 건조대 따위가 놓여 있어서 결국 지붕 없는 창고라 부를 만한 곳이었다. 발치에 무성하게 돋은 잡초엔 모기떼가 무리 지어 있다.

"왜 이런 데로 온 거야?"

"내 방에 가려면 이리로 가야 해."

니나가와는 뜰 한쪽으로 가더니, 갈색 담벼락에 섞여 있어서 그

존재를 깨닫지 못했던 쪽문 비슷한 작은 문을 열었다.

그러자 그 문 안쪽에 당돌하게도 올라가는 계단이 있다. 잡초가 무성한 뜰에서부터 바로 계단이 연결된 그 광경이 너무나 기묘해서, 보고 있자니 현기증이 이는 듯했다.

"이 집, 원래는 단층집이었는데, 나중에 2층을 올리는 바람에 일단 정원으로 나와서 계단을 올라가야지만 2층으로 갈 수 있는 구조로 되어 있어."

니나가와가 울퉁불퉁한 벽을 손으로 더듬어 불을 켜자, 좁고 가파른 계단이 어렴풋이 그 모습을 드러냈다.

"뭐, 증축된 거라곤 해도, 이 2층은 내가 태어나기 전부터 있었을 정도로 낡은 거지만 말이야."

확실히 계단에서는 연륜이 느껴지고, 튼튼해 보이는 거무스름한 나무로 되어 있어서 옛날 학교 계단을 연상시킨다. 우리가 계단을 밟고 올라설 때마다, 계단 위 오렌지색 전구가 폭죽의 불꽃처럼 가늘게 떨렸다.

계단이 끝나고 정면의 빛바랜 장지문을 열자 거기에는 다다미방이 있었다. 마치 주사위 속 같은 정방형의 방은 큰 창문이 있음에도 불구하고 어두침침하다. 가장 먼저 눈에 들어온 건 방구석에 놓인 학습용 책상. 내가 초등학교에 입학했을 때 책가방과 함께 선물

받았던 것과 같은 모델로, 정면에 만화 포스터를 장식할 수 있게 되어 있는 타입이다. 그 책상만이 묘하게 아동틱해서 그 외의 허름한 벽장이나 작은 구식 냉장고, 목각 인형과 유리 상자에 든 일본 인형 따위가 놓여 있는 옻칠된 낮은 서랍장과는 전혀 어울리지 않았다. 거꾸로 말하면 유일하게 책상만이 평범하고 다른 것은 극히 노인 취향이었다. 남자 방에 들어와 본 게 처음이긴 하지만, 이렇게 촌티 나는 방에서 생활하고 있을 줄이야. 하긴 이 방이 유독 특이한 것인지도 모른다.

"인형 좋아하나 봐?"

"별로. 그 인형들은 옛날부터 거기 있었으니까, 그냥 내버려 둔 것뿐이야. 돌아가신 할머니 유품 중에 버리지 못하고 남아 있는 거라던가."

유품……. 목각 인형을 만지려던 손을 재빨리 거두어들인다.

그런데 유일하게 제대로 된 물건인 듯 보였던 책상도 가까이 가서 보자 아주 희한했다. 칫솔과 치약이 샤프, 칼 따위와 함께 연필꽂이에 꽂혀 있다. 책상 선반에는 학습도구뿐 아니라 고춧가루 병이나 돈가스 소스 따위가 놓여 있고, 교과서 옆의 플라스틱 상자 안에는 숟가락, 젓가락, 포크가 들어 있는 나일론 주머니가, 책상의 국어사전 위에는 치즈 가루 대신 방 안의 먼지가 듬뿍 뿌려진 먹다

24

남은 스파게티가 놓여 있다. 의자 등받이에는 목욕 수건까지. 이 작은 학습용 책상에 하루 일과가 전부 집약되어 있다.

"여기서 밥 먹는 거야?"

"응, 편하니까."

이 딱딱한 나무 의자에 앉아 스탠드 불빛을 받으며 밥을 먹고 있는, 고양이 등을 한 그를 어렵지 않게 상상할 수 있었다.

그때 갑자기 니나가와가 한쪽 팔을 천천히 허공으로 들어 올리는 바람에 나는 깜짝 놀랐다. 최면술이라도 시작하려는 건가? 하고 생각하는 순간, 에어컨이 낮은 기계음을 내며 돌아가기 시작한다. 방금 그 동작은 리모컨으로 스위치를 켜기 위한 것이었음을 깨달았다. 곧 까슬까슬한 냉기가 비릿한 가쓰오부시* 같은 냄새를 풍기며 미끄러지듯 흘러나온다.

"옷 좀 갈아입어도 돼? 집에 오면 제일 먼저 편한 옷으로 갈아입거든. 집에서 교복을 입고 있으면 안정이 안 돼서 말이야."

대답을 기다리지도 않고 제멋대로 상의를 벗기 시작했기 때문에, 나는 꼼짝 않고 창밖을 노려보며 기다릴 수밖에 없었다.

왜지? 왜 나를 여기까지 불러들인 거지?

---

*가다랑어를 얇게 저며 쪄서 말린 포. 일본 요리의 국물 맛을 내는 조미료로 많이 쓴다.

왠지 무서워지기 시작한다. 오라고 했다고 어슬렁어슬렁 따라온 것까지는 좋았는데, 왠지 무서워지기 시작한다. 여기는 완전한 1인실이다. 공기가 방 주인 한 사람분밖에 없어서 숨이 막힌다.

시선을 돌리자 니나가와는 짙은 녹색 바탕에 검은 줄이 쳐진 오셀로판* 같은 무늬의 낡은 셔츠와 밑단이 닳아서 하얀 실밥이 늘어진 청바지로 갈아입고 있었다. 뼈밖에 없는 주제에 나보다 크고 투박한 그의 발과 팔꿈치에 눈길이 간다.

"너한테 반한 거 아냐?" 하던 기누요의 말이 떠올랐다. 수업 중에 여성 패션 잡지를 뚫어지게 보고 있던 그. 무슨 생각을 하고 있는지 전혀 알 수 없는 아이.

니나가와는 책상 제일 아래 서랍에서 두 개의 컵을 꺼내고 냉장고에서 페트병을 꺼내 차를 따르더니 나에게 건네주었다. 그리고 역시나 책상 제일 아래 서랍에 들어 있던, 명절 선물로 들어왔을 법한 과자 상자를 열더니 달걀 모양의 양과자를 하나 꺼내 주었다.

점점 주눅이 들어가는 나와는 반대로, 자기의 수조(水槽) 속에서 본래의 모습을 되찾은 그는 이제 꽤 편해진 모양이다.

"느닷없는 부탁이었는데, 여기까지 와 줘서 고마워."

---

* 바둑과 비슷한 쉽고 대중적인 보드게임.

니나가와가 느리게 말하며, 천천히 옆으로 다가왔다.

"근데 말이야⋯⋯."

그의 입에서 침이 튀어나와 나도 모르게 눈을 감았다. 그는 "아! 미안!" 하며 당황해서 내 눈 밑에 묻은 침을 엄지손가락으로 닦아 냈다. 얼굴의 솜털이 싹 하고 쓸리는 작은 소리가 귀를 울리고, 촉촉하고 따뜻한 손끝의 감촉이 피부 위에 전해져 왔다⋯⋯, 라고 생각하는 순간, 그가 잽싸게 내 등 뒤로 돌아왔다.

어떡해! 브래지어를 벗길지도 몰라.

손안의 과자를 꼭 쥐고 겨드랑이 밑에 힘을 주고 있는데, 눈앞에 불쑥 메모지와 볼펜이 주어졌다.

"미안한데 여기에⋯⋯ 그려 주지 않을래?"

"그리다니, 뭘?"

"네가 올리짱과 만난 곳의 약도."

"올리짱이 누군데?"

"내가 보고 있던 잡지에 나온 패션모델."

"아아⋯⋯."

그 사람이 올리짱이구나.

그렇군. 그런데 딱히 관심 없는데, 왜 지금 그 사람 얘기가 나오는 거지?

"생물 시간에 말했잖아. 내가 그 사람을 만난 곳은 역 앞의 무지라고."

그 근방에 무지는 하나밖에 없지, 잡화점 자체도 거기밖에 없지, 눈에 띄게 큰 점포지, 약도니 뭐니 일부러 그리지 않아도 이 근방에 살고 있는 사람이라면 절대 모를 리가 없는데.

"응, 그건 들었어. 근데, 그 가게 어디서, 그러니까 몇 층, 뭘 파는 곳에서 그녀를 만났는지. 약도로 그려 주면 좋겠는데."

"그려 줄 수야 있지만……."

"정말? 귀찮게 이런 부탁해서 미안해."

그럴게. 까짓 거 그려 드리지요, 뭐. 이게 나를 이 집까지 불러들인 목적이라면. 그려 주기야 하겠지만, 왜 그런 걸 궁금해하는지 알고 싶다.

"뭐야? 그 모델, 잃어버린 너네 누나라도 되는 거야?"

"무슨! 아니야."

이유도 모른 채 일단은 쪼그려 앉은 무릎 위에 종이를 올려놓고 약도를 그리기 시작하자, 니나가와가 기다리기 힘들다는 듯 들여다본다. 그의 코끝이 점점 종이로 다가오는 통에 약도를 그리는 데 집중할 수가 없다. 나는 몸을 꼬물꼬물 움직여 그에게서 등을 돌렸다. 그러자 선 채로 이 방을 둘러봤을 때는 알아채지 못했던 이상한 물건이 눈에 들어왔다.

책상 밑에 커다란 플라스틱 상자가 있다. 보통은 안 입는 겨울옷 따위로 가득 채워 여름 내내 벽장 깊숙이 넣어 둘 만한, 커다란 덮개가 달린 플라스틱 상자. 상자 자체는 이상하달 게 없지만 놓인 장소가 이상하다. 상자가 너무 거대해서 책상 밑의 빈 공간―원래대로라면 의자에 앉았을 때 발을 까딱까딱하기 위한 공간―을 거의 차지하고 있었던 것이다. 저러면 의자에 앉을 때 발은 어디에 두는 거지? 의자 위에 정좌하고 앉을 수밖에 없잖아.

"책상 밑에 저렇게 큰 상자가 있으면 방해되지 않아?"

"아니, 이건…… 이렇게 하면 되니까."

니나가와는 의자 위에 무릎을 세우고 쪼그려 앉는다. 작게 움츠러든 그의 모습이 남사스러워서 눈을 돌렸다. 내가 부끄러워하다니 이상하잖아. 사춘기 남자 고등학생이니까, 이런 꼴을 하고 있는 그 자신이 좀 부끄러워했으면 좋겠다.

니나가와가 의자에서 내려온 뒤, 나는 약도 그리기를 중단하고 책상 밑의 물건을 살짝 끌어당겨 보았다. 그러자 밑에 달린 바퀴가 다다미의 결을 따라 스르르 미끄러지더니 상자가 내 앞으로 밀려왔다. 비쳐 보이는 내용물 중에 확실히 옷가지도 들어 있긴 했지만 이 옷들은 아무리 봐도 여자 옷. 언제라도 알현이 가능하도록 플라스틱 상자 안쪽 벽면을 따라 빙 둘러치듯 들어 있다. 나도 모르게 덮개 양측의 검게 빛나는 고정 핀을 벗겨 내자, 부드럽고 달콤한 냄새가 드라이아이스 연기처럼 상자 안에서 흘러나왔다. 4월호, 5월호, 6월호…… 한 달도 빠짐없이, 1밀리미터의 틈도 허락하지 않고 빼곡히 꽂혀 있는 것은 과학실에서 보던 그 패션 잡지다. 상자 가장 바깥쪽에 있는 잡지에는 예의 그 올리짱인지 뭔지 하는 모델이 표지를 장식하고 있다. 잡지뿐만이 아니다. 니나가와는 절대로 걸칠 것 같지 않은, 크고 빨간 달리아가 프린트된 현란한 블라우스나 반지 같은 액세서리류도 있다. 상자 안의 세계는 굉장히 화려하지만 어딘가 꺼림칙하다. 그런 기분을 억누르기라도 하듯 나는 후다닥 뚜껑을 닫았다.

"거기 있는 잡지엔 전부 올리짱이 실려 있어. 꽤 오래전에 나온 옛날 잡지도 인터넷 옥션에서 사 모았지. 그 밖에 옷 같은 건 애독자 사은품이나 라디오 경품에 당첨된 거고. 사인 들어 있는 손수건도 있다. 올리짱, 연예 활동한 지도 오래됐고 활동폭도 넓고 해서, 그 정도로 큰 상자가 아니면 다 안 들어가."

변성기도 다 지난 남자가 올리짱, 올리짱 하는 게 아주 꼴사납다.

"왜 이런 짓을 하는 거야? 이런 걸 이렇게 잔뜩 모아 놓고……."

"팬이니까."

"팬……."

멍한 목소리로 되새겨 본다. 팬, 그 산뜻한 어감. 새로 시판된 청량음료의 이름 같다. 팬이라면, 혹시 이 약도도?

"나, 올리짱 팬이야. 죽을 만큼 좋아해."

그는 진지한 얼굴로 말했다.

팬이라는 표현은 어울리지 않는다. 뭐라 설명하긴 어렵지만, 그 경쾌한 울림과, 올리짱에 대한 니나가와의 강렬한 감정은, 전혀 매치되지 않는다.

내가 그린 약도를 보더니 그는 고개를 갸우뚱했다.

"난해하네. 거기가 이렇게 복잡한 곳이었나?"

확실히 싱숭생숭한 상태에서 그린 탓인지, 약도는 미로 같은 데다 메모지도 지렁이 같은 글씨와 땀으로 얼룩져 그것을 그린 나조차 이미 해독 불가능이다.

"아니, 제대로 그리지 못한 것뿐이야. 미안해. 별로 도움이 되지 못해서."

도움이 되지 못해서, 라는 부분의 목소리에 날이 서 있다.

"아니야, 도움이 안 되긴! 이 약도 보고 한번 가 볼게."

니나가와는 당황해서 얼버무리고는, 나를 사랑스러운 듯이 바라본다.

"내가 지금, 이렇게 함께 있을 수 있다니…… 올리짱을 진짜로 만난 적 있는 사람과 말이야."

기분이 어수선했다. 니나가와에게 있어 나란 여자아이는 '올리짱과 만난 적이 있는 사람'으로서만 가치가 있는 것이다. 반한 게 아니냐니, 잘못짚어도 유분수지.

"약도도 그려 줬으니까 이제 됐지? 나 이만 집에 가 볼게."

"아, 이거 하나만 더 가르쳐 줘. 올리짱 어떤 사람이었어? 닮은 사람이라든가 뭐든 좋으니까 얘기 좀 해 줘."

과자만은 먹고 가 주마, 하고 포장지를 뜯으면서 희미한 옛 기억을 마지못해 끄집어 올렸다. 그래, 그 사람이 먼저 말을 걸어왔었다. 절대로, 라고 할 정도는 아니지만, 이쪽에서 먼저 쉽게 이야기를 걸 수 있는 사람은 아니었다. 큰 보폭으로 걸어오는 모습, 맨발에 신은 큼직한 스니커즈. 올리짱을 떠올리자 가슴이 먹먹해 온다. 그 시절의 내 모습도 함께 떠올라 버렸기 때문이다.

"……애완용 동물 사료 캔 CF……."

"CF에 나오는 사람 얼굴 따위, 일일이 기억 못해."

"그게 아니야. 사람이 아니라, 왜 그런 CF에서 초원 같은 델 슬로우 모션으로 달리는 커다란 개 있잖아. 콜리라든가 골든리트리버라든가."

"개?!"

"응, 그런 개랑 닮았어."

푸른 초원이 잘 어울리고, 바람에 탐스럽게 나부끼는 갈색 털과 순한 눈동자를 지닌, 그리고 한눈에 봐도 돈 많이 들인 티가 나는 도시의 개.

니나가와는 상자 안에서 옛날 패션 잡지를 꺼내더니 한 페이지를 펼쳐서 나에게 들이댔다.

"하세가와가 만난 건 진짜 올리짱이 틀림없어. 올리짱이 그때 시청에서 촬영한다고 했댔지? 이 사진 좀 봐. 확실히 우리 동네 시청이야. 페이지 오른쪽 끝에 촬영 장소도 나와 있어."

그가 말한 대로, 고풍스러운 시청 앞에서 건물에 어울리지 않는 발랄한 미소의 올리짱이 포즈를 취하고 있었지만, 그것을 봤댔자 별 감흥은 없다. 아무래도 상관없다. 과자가 맛있는 게 유일한 낙이다. 고급 양과자인 모양인지, 볼이 미어지도록 통째로 입에 넣고 씹자 달고 진하고 맛있다.

"알았으면 어떻게 해서든지 촬영 현장을 보러 갔을 텐데. 하지만 그땐 아직 팬도 아니었고, 올리짱이라는 사람 자체도 몰랐으니까. 이 사진을 발견했을 땐 정말 분했어. 눈앞에 두고도 모르고 스쳐 지나간 격이어서. 아니, 사실은 스쳐 지나간 적도 없지만 말이야.

하지만 지금, 정말로 그녀를 봤던 사람을 만나다니, 진짜 운명이라는 느낌이 든다. 올리짱하고 나."

그런 식으로 따지자면, 얘기로 들은 그보다 실제로 올리짱을 만난 내가 올리짱과의 '운명'은 더 강할 터였다. 흥분해서 계속 떠들고 있는 니나가와 옆에서, 올리짱과 만났던 날의 일들을 떠올렸다. 그녀는 그 어떤 기억보다 더 선명하게, 중학생 때의 나를 상기시킨다. 지금보다 더 주변에 무관심하고, 그런 까닭에 강했던 시절의 나를.

중1 여름방학은 다른 학교와의 배구 연습 경기 때문에 매일 아침 전철을 타고 이웃 동네를 오가던 나날의 연속이었다. 그리고 전철을 타기 전에 역 앞 무지에 들르는 것이 빼놓을 수 없는 나의 일과였다. 그날도 당연하다는 듯이, 나는 아침 10시에 개점하자마자 바로 그 가게에 발을 들여놓았다.

산뜻한 배경음악이 흐르는, 흰색과 검정 그리고 베이지색의 잡화들로 통일된 상점 내를 나는 학교 이름이 들어간 시합용 빨간 반바지와 티셔츠 차림으로, 네 개의 배구공이 들어 있는 좁고 긴 스포츠 백을 둘러메고 걸어간다. 걸음을 옮길 때마다 운동화 바닥에 들러붙어 있던 모래가 깨끗하게 닦인 바닥 위로 떨어진다.

개점한 지 얼마 지나지 않은 시각이기 때문에 탁 트인 3층짜리 건물에는 손님이 거의 없었다. 'MUJI'라는 카페가 있는 널따란 1층 매장도 마찬가지로 텅 비어 있다시피 했다. 나는 딱히 무엇을 살 생각은 없었다. 그저 아침을 먹고 싶을 뿐. 향긋한 커피 냄새가 풍기는 무지 카페를 지나 늘 가던 장소로 향한다.

넓은 콘플레이크 매장에는 각기 다른 종류의 콘플레이크들로 가득 찬 탱크가 죽 늘어서 있다. 탱크의 검정 밸브를 당기면 수도꼭지에서 물이 흘러나오듯, 콘플레이크가 갈색 종이팩 안으로 떨어져 내리는 방식이다. 하지만 밸브를 당길 수 있는 특권은 콘플레이크용 종이팩을 사는 사람들에게만 있다.

내가 노리는 건 탱크 밑에 놓인 작고 흰 접시에 담긴 시식용 콘플레이크. 전 종류 제패를 목표로, 쓱 하고 손으로 집어 접시의 반정도를 먹어 치운 뒤 다음 접시로 이동한다. 아침, 접시에 담은 지얼마 안 되는 시식용 콘플레이크는 어느 종류든 고소하고 맛있다. 그중에서도 나는 달콤하고 심플한 맛의, 설탕을 입힌 콘플레이크가 가장 좋다. 그리고 건포도가 섞인 콘플레이크도 맛있다. 나는 콘플레이크를 양손으로 집어 들고 입에 넣는다. 이 시식이 바로 나의 아침 식사다.

그때 어디에선가 나를 바라보는 듯한 시선을 느꼈다. 콘플레이크로 볼을 빵빵하게 부풀린 채 주위를 둘러보자 무지 카페에 있는 손님이 이쪽을 보고 웃는 모습이 보였다. 유리벽 너머에 여자 한 명과 남자 한 명이 테이블을 사이에 두고 앉아 내 쪽을 바라보며 노골적으로 웃고 있다. "뭐야, 저 주접스런 애는!" 따위의 이야기를 하면서 웃고 있는 것인지도 모른다. 혹시 그렇다 해도 그만둘 생각은 없다. 아직 먹지 못한 콘플레이크가 두 종류나 남았는걸. 나는 그들에게 보이지 않도록 선반 뒤로 몸을 숨기고 라스트 스퍼트를 올려 입 안 가득 콘플레이크를 쑤셔 넣었다.

"어딨어?"

불쑥 활달하고 큰 목소리가 카페 쪽에서 들려왔다. 나도 모르게 숨을 죽인다. "어딨어?" 하고 묻는 걸 보니 목소리의 주인은 사람을 찾고 있는 것 같다. 하지만 이쪽에 있는 사람이라곤 나밖에 없다. 목소리의 주인공은, "어딨어?" "여깄어?" 하며 잠시 선반 이곳 저곳을 기웃거렸다.

"아! 있다."

뒤에서 목소리가 들려 돌아보자, 방금 전까지 카페 의자에 앉아 있던 여자가 있었다. 스타일도 그렇고, 치렁치렁한 갈색머리도 그렇고, 흡사 외국인 같이 생긴 여자가 물컵을 들고 서 있다.

"콘플레이크, 맛있어?"

36

갈라진 목소리. 숨결에선 술 냄새가 나고, 눈은 하품하고 난 뒤처럼 젖어 있다.

"물이야. 콘플레이크만 먹으면 목 메이지 않아?"

키가 큰 그녀는 내 눈 높이까지 허리를 숙여 컵을 건넸다. 눈앞에 갑자기 얼굴이 다가와 나는 무의식중에 턱을 끌어당겼다. 가지런한 생김새. 혼혈아인지, 오로지 눈만 동양인같이 쌍꺼풀 없는 까만 눈을 하고 있다. 그 눈이 높은 코와 잘 어울리지 않아서, 외국인 흉내 내느라 과장스런 가짜 코를 붙인 개그맨처럼 보이기도 한다.

그녀가 상냥하고 다정해 보이는 눈으로 뚫어지게 쳐다보는 통에 얼굴이 달아오르고 식은땀이 솟았다. 몽롱한 기분으로 컵 안의 물을 단숨에 마셔 버렸다. 그러고는 물에 젖은 입 주위를 팔로 거칠게 닦아 내는데, 그녀가 "원령공주* 같애" 하며 호들갑을 떨었다. 그러더니 별안간 아이처럼 풀썩 쭈그리고 앉아 내 다리를 주시했다.

"네 다리, 멋지다. 굉장히 빨리 달릴 수 있을 것 같아. 단단해 보여. 좋겠다. 나도 앞으론 그런 다리로 만들어 볼까나."

나도 덩달아 고개를 숙여 내 다리를 내려다보았다. 우엉 두 뿌리. 이 다리를 칭찬받아 보기는 처음이다.

---

* 세계적으로 유명한 애니메이션 감독 미야자키 하야오의 작품 〈원령공주〉의 주인공.

"어머, 그런데 어깨에 메고 있는 건 공이니? 그럼 달리기가 아니고 다른 스포츠를 하고 있구나?"

그녀는 아쉽다는 듯 말한다.

얼굴을 보지 않아도 아쉬워하는 얼굴이 눈앞에 떠오르는 목소리. 어떻게 하면 목소리에 저렇게 표정을 잘 담아낼 수 있을까? 여자의 하얀 손이 내 다리를 만졌다. 장딴지의 근육이 반사적으로 굳어진다. 그러자 그녀가 벌떡 일어서더니 카페에 있는 남자를 향해 돌아서서 큰 소리로 말하기 시작했다. 영어다. 돌아오는 대답도 영어.

이쪽을 향해 걸어오는 남자의 팔은 길고도 하얗다. 남자가 여자 옆에 서자 키가 콘플레이크 선반보다도 컸다. 두 사람의 하얀 스니커즈 역시 각기 이제까지 그런 사이즈를 본 적이 없을 정도로 컸다. 존재감 있는 네 개의 신발은 잘 닦여 윤기 나는 바닥 위에 네 척의 배처럼 떠 있다. 여자가 내 다리를 가리키며 카메라를 가진 남자에게 뭔가 영어로 설명하는 듯하더니, 갑자기 내 다리가 플래시 빛을 받아 번쩍였다.

"이 사람은 카메라 맨인데, 기념으로 한 장 찍었어, 네 다리."

여자가 장난스럽게 웃었다. 카메라를 든 남자도 웃으면서 자신을 가리키며 포토그래퍼라고 한다. 그리고 여자를 가리키며 슈퍼

모델이라고 했다. 여자가 고개를 젖히고 웃으면서 남자의 등을 때렸다. 사이가 대단히 좋아 보인다. 나도 미소를 지으려고 했지만, 얼굴 근육이 제대로 말을 듣지 않아 입술은 옆으로만 간신히 벌어졌다. 이번에는 남자가 장난스럽게 시식용 콘플레이크를 집어 여사에게 먹이기 시작했다. 여자도 새처럼 고개를 움직여 콘플레이크를 받아 문다. 어딘가 에로틱한 광경. 하지만 여기서 멋쩍어 외면하지 않으면, 이 사람들과 친구가 될 수 있을지도 몰라.

이번에는 콘플레이크가 내 쪽을 향했다. 그의 갈색 눈동자가 기분 좋은 듯 물기를 머금고 있는 것이, 틀림없이 술에 취한 것 같다. 나와 눈을 맞추고는 있지만 나를 보고 있는 것 같지는 않다. 바라는 대로 콘플레이크를 먹으려고 입을 약간 벌렸지만, 막상 먹으려니 망설여졌다. 코앞에 흔들리고 있는 이 한 알의 콘플레이크는 지금껏 내가 먹어 온 것과는 다르다. 그녀가 받아먹은 것과도 다르다. 즉, 콘플레이크를 들고 있는 이 외국인과 나는 생면부지의 모르는 사이인 것이다. 그래, 사료다. 사료라고 생각하자. 입을 반쯤 벌린 채 목구멍만 움직여 침을 삼켰다. 내 얼굴에 점점 당혹스런 빛이 번져 가는 것이 느껴진다. 솔직히 별로 먹고 싶지 않다. 하지만 분위기를 깨는 것이 두렵다. 그래서 나는 등을 곧추세우고 고개를 숙여 그가 들고 있는 다갈색 콘플레이크를 앞니로 물었다. 혀에, 건

조한 엄지손톱의 감촉이 느껴졌다. 나도 분위기 맞추는 것쯤 할 수 있다, 해냈다, 분위기를 맞췄다. 고개를 숙인 채 남자의 눈빛을 살폈다. 그 눈빛이 그 어떤 말보다 확실히 전하고 있다. 남자는 기분이 상해 있었다.

"어머나, 미안, 미안!"

여자가 큰 소리로 사과하는 바람에, 놀란 나는 물고 있던 콘플레이크를 떨어트렸다. 그녀는 곤란한 듯 웃으며 말했다.

"미안해, 이런 장난을 쳐서."

전혀 악의 없는 말투. 하지만 '부끄러움'의 화살이 마구 빗발쳐든다. 몸이 후끈, 달아오른다. 혹시 지금의 나, 꼴불견이었던 걸까? 사과를 받을 정도로. 어쩌면 장난에 어울리지 않는, 사약이라도 받은 듯한 얼굴을 하고 있었는지도 모른다. 서둘러 귀여운 척 씨익 웃어 보였다. 순간, 웃고 있던 여자의 얼굴이 차갑게 굳어졌고, 나는 이제 더 이상 자신이 원령공주가 아니라는 사실을 깨달았다.

거북한 침묵을 깨려는 듯 그녀가 경쾌하게 떠들기 시작했다.

"우리는 화보 촬영 때문에 이 동네에 왔어. 너네 동네 시청, 왜 중요문화재로 지정된 서양식 건물 있지? 그 앞에서 화보 촬영을 할 예정이야. 이렇게 더운데, 잡지 발매 시기에 맞춰 가을 옷을 입어야 해서 걱정이야. 땀이 뻘뻘 날 텐데. 그래서…… 뭐, 그렇다는 거지."

자기가 먼저 이야기를 꺼낸 주제에 따분해진 그녀는, 남자와 눈을 마주치더니 어깨를 으쓱했다. 두 사람은 아주 진지한, 술이 완전히 깼다는 듯한 얼굴을 하고 가게를 빠져나갔다.

"니나가와, 나 슬슬 가 볼게."

과자를 다 먹고 포장지를 손으로 구기면서 그렇게 말하자, 신나게 올리짱에 대해 떠들고 있던 그는 입이 반쯤 벌어진 멍한 얼굴로 일어서는 나를 올려다보았다. 그날, 올리짱의 눈에 나도 저런 식으로 비쳤을지 모른다. 그렇게 생각하자 가슴이 아려 온다. 나는 그의 대답을 기다리지 않고 방을 나왔다.

올리짱 오타쿠

업 런(Up Run)만큼은 양보 못한다.

첫 번째 바퀴는 천천히 달리고, 두 번째 바퀴는 첫 번째보다 조금 빨리, 세 번째는 두 번째보다 빨리…… 이런 식으로 운동장을 거듭 돌 때마다 달리는 스피드를 높여 마지막 바퀴는 전속력으로 달린다. 서서히 차오르는 숨이 드라마틱한 육상 트레이닝, 업 런. 나는 이 업 런을 체면 따위 상관 없이 진심을 다해 달린다. 초반에는 제일 뒤에서 얌전히 달리지만, 마지막 바퀴는 최대한 스피드를 내서 다른 부원을 하나둘 제치고, 결국에는 악으로라도 1등으로 골인한다. 업 런은 어디까지나 연습이고 자신에게 맞는 달리기 페이스를 찾기 위한 것일 뿐이지만, 진짜 경기에서는 절대로 이길 수 없으니까 이거라도 열심히 하는 수밖에 없다.

'빨리 달릴 수 있을 것 같다'는 말을 들은, 허울 좋은 이 다리는 비겁한 움직임에 있어서만큼은 남다르다. 모두의 허를 찌르기 위해 갑자기 페이스를 바꾸거나, 다음 날 아침 근육통으로 움직일 수 없을 만큼 라스트 스퍼트를 가하거나, 커브를 돌 때 우연을 가장해 옆의 아이와 부딪히는 등, 이기기 위해서는 뭐든 다 하는, 씩씩한 내 다리.

하지만 아무리 이기고 싶다 해도 과욕은 금물이다. 앞서 달리는 부원을 제치려고 마지막 바퀴의 커브에서 몸을 너무 기울이면 자칫 굴러 버릴 수도 있으니까.

"하쓰! 괜찮아?"

입 주위에 모래를 잔뜩 묻히고, 갓 태어난 염소 새끼처럼 몸을 일으키다가 이내 쓰러지고 마는 나를, 달리기를 멈추고 다가온 선두의 아이가 걱정스러운 듯 내려다본다. 다른 부원들도 달리기를 멈추고 "괜찮아? 괜찮아?" 하며 내 주위로 모여든다. 진심으로 나를 걱정하고 있을 리 없다. 단지 모두 땡땡이치고 싶은 것이다, 업런을.

"선생님, 부상자가 생겼어요!"

"하세가와는 가서 상처를 씻고 오고, 다른 사람들은 트랙으로 돌아가서 업 런을 계속하도록."

"어? 몇 바퀴째였더라?"

"글쎄? 몇 바퀴째였지?"

"선생님, 하쓰가 넘어지는 바람에 놀라서 다들 몇 바퀴 뛰었는지 잊어버렸는데요."

시치미를 떼는 부원들에게 선생님은 못마땅한 표정을 지어 보였다. 연기하는 티가 확 난다. 미간에 잡힌 주름이 영 어색하다.

"어쩔 수 없는 놈들이군. 그럼, 지금부터는 부 운영회의 시간을 갖겠다."

"그럼 기초 훈련은 이걸로 끝난 거죠?"

"너흰 어떻게 생각하는데?"

선생님이 입가에 미소를 띠고 부원들을 흘겨본다. 선생님이 부원들에게 보내는 이 '장난기 어린 시선'은 언제 봐도 닭살이 돋는다.

"끝이라고 생각합니다!"

선배 부원들은 손뼉을 치며 과장스럽게 기뻐하고, 신입 부원인 1학년들도 즉시 흉내를 낸다. 판에 박힌 전개다. 부원들은 선생님의 작은 실수에도 깔깔 웃어 주고, 선생님의 필사적인 개그 ― 그럼에도 불구하고 썰렁한 ― 에도 깔깔대며 응수해 주는 것으로, 올해부터 육상부 고문을 맡은, 백발에 한쪽 입꼬리가 올라가고 잔소리 많은 이 선생님을, '엄하지만, 어딘가 나사 풀린 선생님'이라는 시판품(市販品)으로 만들어 내는 데 성공했다. 선생님도 '나도 알고 보면 재미있는 사람이란다' 하는 식으로 그녀들에게 다가간다. 서로의 수요와 공급이 잘 맞아떨어진 건지도 모르겠다.

옆에서 허들 경기 연습을 하고 있던 남자 부원들은 선생님이 어르고 달래지는 모양을 히죽거리며 바라보고 있을 뿐이다. 여자들이 치켜세워 주는 게 더 효과적일 거라고 생각하는 모양이지만, 아마 남자들이라도 상관없을 것이다. 띄워 주는 걸 좋아하긴 하지만 여자를 밝히거나 하는 건 아니니까. 선생님은 여자들이 모여드는 게 기쁜 것이 아니라 사람들이 모여드는 게 기쁜 것이다. 내게는 그것이 보인다. 그리고 선생님이 사람들에게 둘러싸여 날아오를 듯한 표정이 될 때마다, 생기가 넘쳐흐를 때마다, 나는 스스로의 삶의 방식에 대해 자신을 잃어 간다.

"그래도 회의는 할 테니까, 모두 육상부실로 이동하도록!"

좋아하던 선배들의 얼굴이 순식간에 교활한 표정으로 바뀐다.

"육상부실 말고 교실에서 해요. 육상부실은 너무 좁아서 여자 부원, 남자 부원 다 못 들어가요. 에어컨도 없고."

선배들의 얼굴은 위아래가 전혀 다른 표정을 하고 있다. 눈은 째

려보고 있다는 말이 딱 어울릴 만한 치켜뜬 눈이고, 입은 이가 예쁘게 드러난 상큼한 미소.

"그럼 교실에서 할까?"

선생님, 당신께서 물으시면 어찌합니까? 철근이 들어간 것처럼 곧은 등에 체육복을 입은 육상부 고문 선생님이 여고생들에게 휘둘리고 있는 꼴을 보고 있자니, 화가 난다기보다 어쩐지 서글퍼진다.

여자 부원들은 잽싸게 몸을 움직여 스트레칭 도구며 연습 도구들을 정리해 간다. 남자 부원들도 아직 선생님의 허가가 떨어지지 않았음에도 불구하고, 벌써 허들을 체육관 창고로 나르고 있다. 이런 식으로 서클 활동을 빨리 끝내고 남는 방과 후 시간을, 여자 부원들과 남자 부원들은 친목을 다지는 시간으로 삼고 있는 것이다.

뒷정리와 더불어 모래 먼지가 부옇게 피어올라 나는 콜록거리며 일어섰다.

까진 무릎에서 난 피가 운동장의 하얀 지면에 묻어 있다. 어쩐지 창피해져서 운동화 밑창으로 슥슥 지우고, 햇빛이 반사되어 눈부시게 새하얀 지면 위를, 아픈 다리를 끌며 걸었다.

하늘이 맑게 갠 날의 운동장은 한없이 넓다. 저 멀리 운동장 한쪽에 수돗가가 빛나고 있다. 걸어가는 도중에 운동장 한가운데 똑

바로 정렬해 있는, 하얀 하이삭스가 눈부신 핸드볼부 옆을 지나쳤다. 그녀들은 더워 보이는 긴팔의 자주색 유니폼을 입고 있는데도 조금도 흐트러짐 없이 늘어서서 선생님의 점호에 "옛! 옛!" 하고 대답하고 있다.

제법 기합이 들어 있네.

중학생 시절의 배구부가 떠올랐다. 그런 단체 경기는 더는 무리다. 분명 몸이 따라 주지 않을 것이다. 홀로 싸우는 육상을 알아 버린 지금, 팀원들과 주고받는 눈 사인은 낯간지럽다.

물기 하나 없이 메말라 있는 수돗가에 다다라 커다란 수도꼭지를 비틀었다. 말라서 새하얘진 콘크리트 개수대 위로, 폭포수 같은 물이 떨어져 흘러간다. 수도관을 위쪽으로 향하게 하고 흐르는 물에 무릎의 상처를 갖다 대자 상처의 빨간빛이 더욱 선명해졌다. 태양열에 미지근해진 물이 정강이를 타고 흘러내려 양말을 적신다. 상처의 모래를 다 씻어 낸 뒤에도 왠지 수도꼭지를 잠그기 싫어서 용솟음치는 물이 양말의 복사뼈 근처까지 젖어 드는 것을 그대로 내버려 두었다.

수돗가 너머로, 학교 건물에서부터 완만히 뻗어 내린 가로수 언덕길을 달려 이쪽으로 오고 있는 사람이 보였다. 점점 가까워 온다. 달리는 진동에 맞춰, 머리카락이, 검은 해파리처럼 흔들리고 있다.

니나가와다. 내 앞에까지 온 그의 앞머리는 땀 때문에 얼굴에 무겁게 들러붙어 있다.

"계속, 운동장에 있었어?"

"응."

"그래? 그런 줄도 모르고 괜히 학교 건물을 다 뒤지고 다녔네."

몸을 앞으로 조금 숙인 채, 눈을 감고, 호흡을 진정시키고 있는 그는, 여름 햇살과 운동장에 전혀 어울리지 않는다.

"저기, 혼자서 무지에 가 봤는데, 역시 그 약도로는 올리짱을 어디서 만났는지 잘 모르겠더라. 네가 좀 안내해 주지 않을래?"

"지금 서클 활동 중이라 안 돼."

"서클 활동? 아무도 없는데……."

뒤를 돌아보자, 눈앞에는 아무도 없는 황량한 운동장만이 펼쳐져 있다. 질질 끌고 온 내 다리가 남긴, 가늘고 긴 선만이 운동장에 가로질러 있고, 그밖에는 정적. 육상부원들은 선생님과 함께 회의하러 교실로 들어갔다 쳐도, 소프트볼 부원들이나 축구부는 어디로 사라졌지? 방금 전까지 분명히 들렸던 구호소리나 호령소리도 온데간데없고, 모두가 흔적도 없이 사라지고 없다. 내 뒤에 틀어 놓은 수도꼭지의 물줄기 소리만 주변에 울려 퍼지고 있다.

"광화학 스모그 경보가 발령됐다는 교내 방송이 있었어. 그래서 실외 서클 활동은 전부 중지된 걸로 아는데? 우리도 빨리 어디 그늘로 들어가지 않으면 눈이 아리기 시작할 거야."

그러고 보니 아까 업 런 중에, 선생님이 학교 건물에서 달려 나온 학생과 이야기하는 모습을 얼핏 본 것 같다. 그때 광화학 스모그 경보가 발령됐다는 소식을 들었겠지. 그런데도 선생님은 그 사실을 부원들에게 알리지 않고 실내 회의로 돌렸다. 서클 활동을 중지한 건 광화학 스모그 탓이었는데, 자기가 선심 쓴 덕분인 것처럼 보이기 위해서. 선생님의 머릿속에 맴돌았을 그 치졸한 계산을 생각하니 울고 싶어졌다.

"어? 다쳤네?"

니나가와가 가방에서 작고 빨간 곽을 하나 꺼냈다. 뚜껑을 열자 안에서 당연하다는 듯 반창고가 나왔다. 반창고의 종이 껍질을 벗겨 내는 그의 손놀림을 보고 있는데, 지면 위로 땀방울이 떨어져 까만 얼룩이 번졌다. 넘어졌을 때 팔에 들러붙은 모래가, 햇볕에 그을린 팔보다 오히려 하얗다. 하늘 저 멀리서 낮은 헬리콥터 소리가 점점 다가왔다.

"상처 난 자리를 보는 게 무서우니까, 반창고를 붙이는 거야."

교복 셔츠를 바지 속에 넣어 입은 구급대원은 광범위한 찰과상에 신중히 반창고를 붙였다. 순간 간지러운 듯한, 기분 좋은 감각이

전신에 퍼졌다. 니나가와를 내려다본다는 것은 어쩐지 기분 좋은 일이다. 그의 까만 머리가 금방이라도 손에 닿을 거리에 있다.

"라고, 올리짱이 잡지 칼럼에서 말한 적 있어. 자, 그럼 또 봐."

그는 몸을 일으키더니, 교문을 향해 걷기 시작했다.

오늘, 학교에서 처음으로 이야기를 나눈 사람.

"기다려, 나도 갈게."

나는 종종걸음으로 그를 쫓아, 아무도 없는 운동장을 뒤로했다.

올리짱을 만난 그 여름날과 같이 체육복에 반바지 차림으로 무지를 방문하고 있다. 그리고 역시나 모래가 들러붙은 운동화로 바닥을 더럽힌다. 실내는 시원해서 땀이 금세 차가운 물방울이 되어 목줄기를 타고 흘러내린다. 인테리어나 상품 배치는 거의 변한 게 없어서, 매장 안쪽으로 들어가자 예전처럼 무지 카페가 있었다.

"이 카페에 있던 올리짱이랑 유리벽 너머로 눈이 마주친 거야."

카페라고는 해도 완전히 독립된 공간이 아니고 몇 장의 유리벽으로 나뉘어 있을 뿐이어서 주문을 하지 않아도 별다른 어려움 없이 안으로 들어갈 수 있었다. 나는 유리벽 바로 앞에 있는 테이블에 딸린 의자를 만졌다.

"아마 이 의자에 올리짱이 앉아 있었을 거야. 그치만 기억이 확실치가 않아서 틀릴지도 몰라. 이 테이블인 건 확실한데……."

"그럼, 혹시 이쪽 의자일지도 모르겠네?"

니나가와는 같은 테이블에 있던 또 하나의 의자를 바라보았다.

"응, 그렇긴 한데 아마도 그 의자에는 일행이 앉아 있었던 거 같아."

"어? 올리짱한테 일행이 있었어?"

"응, 외국 남자였는데, 올리짱이랑 둘이서 서로 콘플레이크를 먹여 주기도 하고, 시시덕거리고 있던데. 아마 애인이 아니었을까?"

니나가와의 눈에서 빛이 꺼졌다.

"애인? …… 팬으로선 충격적인 소리네. 아니야, 그래도 나는 받아들일 수 있어. 나는 올리짱한테 애인이 있어도 된다고 생각하는 주의거든. 그녀도 벌써 스물일곱 살이고. 인터넷에 올라온 글들 보면, 그것마저 싫어하는 팬들도 있는 것 같지만, 그 부분은 양보해야지……."

니나가와는 양손으로 긴 앞머리를 쓸어 모아 눈을 가리는 듯한 동작을 하며 중얼거렸다. 그리고 천천히 가방을 여는가 싶더니 카메라를 꺼내 테이블이랑 의자의 사진을 찍어 대기 시작했다. 계산대에 있던 점원이 번쩍이는 플래시 불빛에 수상쩍은 듯 이쪽을 쳐다본다. 시식용 콘플레이크로 아침식사를 하던 나와 저렇게 카페의 의자를 열심히 찍어 대고 있는 니나가와. 둘 중 어느 쪽이 더 해괴망측하고 민폐를 끼치는 행동일까? 지기 싫어하는 성격의 나이긴 하지만, 이 승부에서만은 이기고 싶지 않다.

니나가와는 부산스럽게 옮겨 다니며 이런저런 각도에서 테이블을 연신 찍어 댔다. 아무 말 없이 옆에 멀뚱히 서 있는 나까지 수상쩍게 보일 것 같아 이야기를 계속했다.

"올리짱, 스물일곱 살이구나. 그때 봤을 때 이미 스물일곱 살 정도로 보였는데. 외국인이라 빨리 늙나 보지?"

니나가와가 내 말을 듣더니 코웃음을 쳤다.

"왜?"

"올리짱 특기가 뭔지 알아? '계란프라이 깨끗이 먹기'야."

그는 득의양양해서 말하고, 왠지 내가 패한 듯한 꼴이다.

"뭐? 무슨 말인지 모르겠어……."

"올리짱에게 노화란 있을 수 없다는 얘기야."

아, 그래요? 그럼 계속해서 좋을 대로 하시지요. 나는 먼저 카페를 나와 밖에서 기다렸다. 이윽고 다가온 점원에게 주의를 당하는 니나가와의 모습이 유리벽 너머로 보여서 속으로 쾌재를 불렀다.

콘플레이크 매장은 전보다 축소되어 있었다. 시식할 수 있는 콘플레이크도 세 종류로 줄어들었다. 콘플레이크를 담아 놓은 접시는 햇빛을 받아서 먹음직스럽게 빛나고 있었지만, 먹고 싶다는 생각은 들지 않았다.

"여기서 두 사람이랑 무슨 얘기를 했어?"

"그러니까 오늘 촬영이 있어서 이 동네에 왔다든가……."

니나가와는 현장학습을 나온 초등학생처럼 내가 말하는 것을 뭐든지 메모해 간다.

"그리고 그 사람, 내 다리를 보더니, '빨리 달리겠네', 하더라."

"아, 그래서 육상부에 들었구나."

당연하다는 듯 넘겨짚은 니나가와의 그 말에 왠지 동요되었다.

"아니야, 전혀 상관없어! 난 너랑은 달라!"

금방 잊어버리고 말 이런 대화에 굳이 정색을 하고 대꾸할 필요가 없는데도, 나는 흥이 깨진 순간에 올리짱이 보인 얼굴이 뇌리에 떠올라 부정하지 않을 수 없었다.

"난, 내가 달리고 싶어서 달릴 뿐이야."

콘플레이크 매장을 찍는 것을 끝으로 드디어 무지 투어가 끝났다. 자동문을 통과해 가게를 나오자, 아까보다는 덜했지만 여전히 더워서, 이제 막 나왔는데도 땀이 배어나기 시작한다. 니나가와와 함께 빌딩의 그늘을 골라 걷는다. 역 앞의 번화가라서 체육복 차림이 두드러져 보이는지, 지나가는 사람들의 시선이 느껴진다. 갈아

입을 교복은 육상부실에 놓아둔 채다. 빨리 옷을 갈아입고 싶지만 지금 가지러 가면 회의를 끝낸 부원들과 마주치고 만다. 부원들은 선생님의 허락 없이 서클 활동을 빠지는 것에 대해서 엄격하다. 선생님을 구워삶아 노는 시간을 따내기는 해도, 제멋대로 땡땡이를 치거나 하지 않는 것이 암묵적인 룰인 것이다.

"너네 집에서 잠깐 쉬었다 가고 싶은데, 괜찮아?"

말해 놓고 보니 고등학교에 들어온 뒤로는 불가능했던 '다른 사람에게 편하게 말 걸기'라는 것이, 니나가와를 상대로는 가능하다는 사실을 깨달았다.

"아, 괜찮아. 상관없어."

니나가와도 대수롭지 않게 대답하더니, 무지와 학교 사이, 그 중간쯤에 있는 자기 집 쪽으로 발길을 옮긴다. 이런 간단한 대화를 오랜만에 한 탓일까, 메말라 있던 마음에 물처럼 스민다.

어쩌면 나, 조금 앞서 걷고 있는 저 고양이 등의 남자애랑 친구가 되면 좋을지도 몰라.

'남자친구'라는 단어를 떠올리자, 기누요가 말했을 때는 바보 같은 소리라고 생각했으면서 가슴이 세차게 뛰었다.

니나가와네 집 현관 정면의 장지문은 여전히 닫혀 있었지만, 안

54

에서 텔레비전 소리가 들리고 인기척이 느껴졌다.

오늘은 가족이 있구나.

그런데도 니나가와는 그 문을 열어 보지도 않고 곧바로 안뜰로 통하는 복도를 걸어가기 시작했다. 나도 조용히 발꿈치를 들고 그의 뒤를 따랐다. 인사도 없이, 예의 없는 짓이라는 건 알지만 그런 동떨어진 방에 지금부터 단둘이 처박힐 예정이라 인사하기가 좀 어색했다.

니나가와는 자기 방에 들어서자마자 에어컨을 틀고, 요전과 마찬가지로 바로 교복에서 평상복으로 갈아입었다.

"꼭 자취방 같다. 텔레비전에, 냉장고도 있고."

"일일이 1층까지 내려가는 게 귀찮아서. 특히 겨울 같은 때 슬리퍼 신고 마당에 나가면 얼어 죽을 맛이거든. 가능하면 화장실도 만들고 싶을 정도라니까."

가제 같은 천으로 된 낡은 셔츠를 걸치고 단추를 잠그면서 그가 말했다.

"그래도, 냉장고까지 있고."

"밤중에, 근처에 수분기 있는 게 없으면 불안해지니까."

우리 집 같으면 이런 일은 절대로 상상할 수 없다. 이건 독립도 아니고……. 그래도 어딘가 니나가와가 부럽다.

"빨래도 내가 알아서 널어."

창을 열자, 정말 방으로 들어오려는 햇빛을 전부 막아 버릴 정도로 많은 양의 빨래가 바람에 나부끼고 있었다. 너무 오래 널어놓았는지 바짝 말라서 이상한 모양으로 굳어진 티셔츠, 겨자색 파자마, 힘없이 늘어진 통 큰 청바지, 그리고 커튼 주름처럼 겹겹이 매달려 펄럭이는 하얀 목욕 타월들. 창 밖에 있는 또 하나의 커튼이 이 방을 어두침침하게 만드는 원인이었던 것이다.

"빨래가 열리는 나무."

그렇게 소개된 건조대에는 확실히 빨래들이 가지가 휠 정도로 열려 있다.

"이렇게 해 놓고, 입고 싶을 때는 직접 여기서 걷어 입어. 일부러 개거나 하지 않지. 꽤 합리적이지?"

빨래집게로 고정되어 있는 타월을 휙 하고 기세 좋게 걷어 내며, 니나가와는 대답을 구하듯 나를 본다. 하지만 나는 아무런 반응도 보이지 않은 채 그저 건조대를 바라보았다. 무심코 손을 뻗어 빨래의 커튼을 젖히자 석양의 노란 빛줄기가 방 안으로 쏟아져 들어왔다.

"해가 지기 시작하네. 몰랐어……."

이곳은 시간을 잊게 해 주는 타임캡슐 같은 방이다. 나도 여기에 계속 있으면, 이 방 주인처럼 앞머리가 자라는 것도 모른 채 하루하루를 보내게 될지도 모른다.

"아, 올리짱의 라디오 방송 시간이다. 미안, 좀 듣는다."

니나가와는 민첩한 몸놀림으로 벽장에서 CD 플레이어를 꺼내더니 은색 안테나를 최대한 길게 뽑아 익숙한 손길로 45도 정도의 위치까지 기울였다. 그리고 CD 플레이어 앞에 이쪽을 능지늣 하고 앉아 이어폰을 꽂았다.

라디오, 나를 내버려 두고, 혼자 들을 작정인가 보다.

유치원생 때, 다 같이 놀고 있는데 혼자 숨어서 과자를 먹거나 게임기를 혼자서 독차지하려는 아이들이 있었는데, 꼭 그 짝이다. 그의 사교성은 유치원생 시절 정도에 멈춰 버렸는지도 모른다.

라디오를 향하고 앉은 그는 이윽고 아무런 미동도 하지 않았다. 방 안이 적막해졌다. 아무것도 할 일이 없어진 내 눈은 자연히 그것으로 빨려들어 간다.

구석 자리에 있는데도 불구하고 느껴지는 그 이상한 존재감. 고동치고 있는 이 방의 심장, 니나가와의 팬시 상자. 덮개를 열자 역시 전과 같이 부드럽고 달콤한 향기가 피어올라 살풍경한 이 방에는 어울리려야 어울릴 수 없는 가련한 세계가 상자를 중심으로 퍼져 나간다. 냄새가 전해졌는지 니나가와가 돌아보았다.

"뭐해?"

"아니, 그냥, 좀 심심해서……."

"그래?"

니나가와가 다시 라디오로 몸을 돌리는 것을 확인한 뒤, 또 돌아보는 일이 없도록 조심조심 상자 안의 물건들을 꺼내 보는데 작고 파란 상자가 나왔다. 상자 안에는 각기 다른 종류의, 그러나 전부 꽤 고급으로 보이는 향수가 세 병 들어 있다. 이 팬시 상자에서 나는 향기의 근원이 이거였구나. 올리짱이 쓰는 향수와 같은 걸 사 모았겠지. 향수에는 각각 다른 연도가 쓰인 작은 스티커가 붙어 있다.

향수의 향기로는 다 가려지지 않는 어두운 정열이 상자를 적시고 있다. 대부분을 차지하고 있는 것은 오래된 순으로 빠짐없이 모아진 방대한 양의 패션 잡지. 그리고 티셔츠, 가방, 과자, 액세서리, 핸드폰 줄, 책, 만화, 사인이 들어 있는 손수건 등등. 여러 가지 자질구레한 물건들이 하나하나 정성스럽게 비닐봉지 안에 들어 있다. 분명 이 모든 것이 올리짱과 관련된 물건들이겠지. 나일론 봉지에 이중으로 밀봉되어 있는 옷도 있었다. 그냥 들어 있는 다른 옷들이 신품인 데 비해, 봉지에 들어 있는 빨간 블라우스는 천에 보푸라기가 일어난 것을 보니 입던 옷 같다. 아니나 다를까 봉지 안에 〈6월호 독자 사은품. 1명. 올리짱 애용 이너웨어〉라고 적힌 종잇조각이

들어 있다. 감정사처럼 하얀 장갑을 끼고 조심조심 이 블라우스를 꺼내고 있을 니나가와의 모습이 눈앞에 떠오른다. 더 만지면 화를 낼 것 같아서 재빨리 원위치시킨다.

세월의 흔적이 묻어 있는 낡은 고등학교 졸업 앨범도 있다. 포스트잇으로 표시된 부분을 펼치자 학생들의 얼굴 사진이 늘어선 가운데 사사키 올리비아라는 이름의, 촌스러워 보이는 헤어스타일―아마 당시에는 유행이었겠지만―을 한, 통통한 여자아이의 사진이 있었다. 이 정도면 팬의 수집품이라기보다 유품 정리함이라 해도 좋을 지경이다. '이 방은 죽은 딸이 언제라도 돌아올 수 있도록 생전의 상태 그대로 두었답니다'라고 하는 듯한, 안타깝지만 어딘가 꺼림칙한 느낌을 주는.

두툼한 파란 파일 속에는 워드로 깔끔하게 정리된 올리짱의 상세한 프로필을 시작으로 관련 기사 따위가 대량으로 스크랩되어 있다. 프로필에는 생년월일은 물론이고 졸업한 초·중·고·전문학교의 이름과 단골 가게, 본가 주소, 손으로 그린 방 배치도 등등이 몇 장에 걸쳐 이어져 있다. 정보화 사회란 무섭구나. 그래도 역시나라고 할지, 당연하다고 할지, 올리짱의 현재 주소나 남자관계에 대한 언급은 없다. 이 정도로 많은 정보가 갖춰져 있는데도 가장 중요한 부분이 빠져 있다니. 디즈니의 그림 맞추기 퍼즐로 말하자면,

가장 중요한 미키마우스의 얼굴 부분 조각이 없는 상태라고 할까.

파란 파일이 이 수집품의 마지막 물건이었기 때문에 끄집어낸 물건들을 다시 원위치시키려고 상자 안을 들여다보자, 바닥에 작은 종이가 붙어 있는 것이 보였다. 지금까지 위에 놓여 있던 물건들에 눌려 쭈글쭈글해진, 누르스름하게 변색된 종잇조각이다. 파일에서 빠진 채 발견되지 못하고 방치되어 온 것일지도 모른다. 집어 올려 뒤집어 보았다.

그 순간, 꾹 눌러 쥔 볼펜으로 새까맣게 마구 칠해진 것처럼 숨이 막혀 왔다.

"이건, 무리가 있어……."

정말 무리가 있었다. 올리짱의 얼굴 사진에, 실제 올리짱의 몸과는 닮으려야 닮을 수 없는, 앳된 소녀의 나체를 지문 찍힌 셀로판테이프로 얼기설기 이어 붙여 놓았다. 피부색도 종이질도 완전히 다르고, 원근 대비도 전혀 맞지 않는다. 올리짱의 얼굴 사진이 너무 도드라져서 소녀의 가는 어깨 위에서 굴러떨어질 것만 같다. 그리고 무엇보다도 올리짱의 어른스러운 얼굴과 소녀의 미성숙한 몸이 이루는 불균형이 반인반수(半人半獸)마냥 추하다.

시큼하다.

농축 100퍼센트의 땀 냄새를 맡은 것처럼, 시큼하다.

혐오감과 동시에 뭐라고 말할 수 없는 감각이 엄습해 온다. 수영장 물에서 나는 염소 성분 냄새.

여름, 수영 시간이 끝나고 열기로 후덥지근한 좁은 탈의실에서 같은 반 여자아이들과 함께 옷을 갈아입는다. 주위 아이들에게 벌거벗은 몸이 보이지 않도록, 고무줄 치마 모양의 수영용 목욕 타월을 머리만 쏙 내밀고 뒤집어쓴다. 수영용 목욕 타월은 타월을 원통 모양으로 고정할 수 있도록 단추가 달려 있는 데다 흘러내리지 않게 상단 부분에 고무줄이 들어 있기 때문에 그냥 목욕 타월을 몸에 두르고 옷을 갈아입을 때보다 몸을 제대로 숨길 확률이 훨씬 높아진다. 높게 달린 탈의실 창문에서 비쳐 들어오는 햇빛을 듬뿍 받으며, 나는 거대한 테루테루보즈*가 된다. 하지만 주위의 아이들도 전부 테루테루보즈이기 때문에 그다지 창피한 느낌은 없다. 그런데 젖은 수영복은 몸을 적당히 잘 움직이면 테루테루보즈인 상태로 어떻게 벗을 수 있지만, 팬티를 입을 때는 목욕 타월 안을 들여다보지 않고서는 두 구멍에 제대로 발을 꿸 수가 없다. 그래서 다른 아이들에게 보이지 않도록 목욕 타월의 고무 부분을 살짝살짝 들여다보면, 방금 전까지 작은 탈의실이었던 타월 속이, 터질 듯이 에

---

* 반짝이 동자(照る照る坊主). 날씨가 개길 바라는 뜻에서 처마 끝에 만들어 다는 눈사람 모양의 인형.

로틱한 엿보기 방으로 탈바꿈한다. 내 따스한 숨결에 촉촉하게 젖어 가는 목욕 타월 속 세상 속에서, 오로지 나한테만 보이는 음모 덤인 사타구니. 얼기설기 이어붙인 올리짱의 누더기 사진을 보고 있자니, 목욕 타월 속을 들여다볼 때처럼 온몸의 힘이 쭈욱 빠져나가면서 몽롱해지는 듯한 묘한 기분이, 무지갯빛 맴도는 기름처럼 몸 안 저 깊숙한 곳에 고여 간다. 쇠 맛이 나는 포크를 혀로 핥았을 때처럼 등줄기에 오한이 타고 내리는데도, 나는 사진에서 눈을 떼지 못한다.

내 오른손의 엄지와 검지 역시 올리짱의 누더기 사진을 마치 오물이라도 되는 양 집어 들고 있지만 단단히 붙든 손가락에서 힘을 빼려고 하지 않는다. 결국 누더기 사진만은 원래 자리에 되돌려 놓지 않고, 어지럽혀진 팬시 상자의 내용물을 재빠르게 정돈한 뒤 뚜껑을 덮어 버렸다. 힘을 주어 밀자 상자는 다시 미끄러지듯 책상 밑으로 되돌아갔다. 누더기 사진을 잃어버린 채.

엄지와 검지 사이에 낀 졸렬한 사진을 바라본다.

이건 니나가와가 몇 살 때 만든 '작품'일까. 종이가 누르스름하게 변색된 것이나 상자 바닥에 휴지처럼 들러붙은 채 잊혀 있던 것으로 보아 상당히 초기 작품으로 보인다. 얼굴은 올리짱이고 몸은 소녀인 이 사진이야말로 올리짱에 대한 니나가와의 감정의 원형이 있는 그대로 드러나 있는 것이 아닐까. 고양이 등을 한 니나가와의 뒷모습을 똑바로 쳐다볼 수가 없다.

그토록 건강한 것을, 잘도 이런 외설적인 눈으로 볼 수 있네요.

속으로 조용히 비웃고 보니, 감정이 격해졌다. 그토록 건강하고 해맑게 빛나는 것을 이렇게 폄하할 수 있다니, 대단하다. 아마도 니나가와는 이걸 만드는 동안 올리짱을 폄하하고 있다고는 조금도 생각하지 않았겠지만.

약해진 이음새 부분이 손상되지 않도록 주의하면서 사진을 반바지 뒷주머니 속에 쏙 집어넣었다.

니나가와는 처음과 똑같은 자세로 열심히 라디오를 듣고 있다. 영어 듣기평가라도 보는 듯한 집중력으로, 내가 가까이 다가가도 눈치채지 못한다. 그는 왠일인지 이어폰을 한쪽 귀에만 꽂고 있었다. 다른 한쪽의 이어폰은 어깨에 늘어져 있다.

나는 어느새 자리에서 일어나 그를 내려다보고 있었다. 그의 목덜미를, 감촉만은 좋을 것 같은 하얀 칼라가 감싸고 있다. 세탁은 했을 테지만, 낡은 옷이라 칼라 안쪽이 기름때에 절어 갈색으로 변색되어 있었다. 계속 바라보고 있자니 또 그 덜 마른, 터질 듯한 기분이 부풀어 올랐다.

"왜 라디오를 한쪽 귀로만 듣고 있어?"

돌아본 얼굴은, 천국 같은 시간을 방해 받아서 곤란하다는 듯한 표정이었다.

발견! 니나가와는 곤란하다는 듯한 표정이 정말 잘 어울린다. 눈썹을 찌푸린 모습이 제법이다. 한쪽 눈썹이 예쁘게 치켜 올라가 있다. 그리고 나를 인간으로도 여기고 있지 않은 듯한 차가운 눈빛.

"이렇게 하면 귓가에서 속삭이고 있는 듯한 느낌이 드니까."

그렇게 말하고 니나가와는 다시 라디오로 향한다.

전율이 흘렀다. 포화 상태의 기분은 진정되기는커녕 만지기만 해도 아픈 빨간 여드름처럼 미열을 동반한 채 점점 더 부풀어 오른다. 다시 올리짱의 세계로 돌아가 버린 그 등짝을 내려다보고 있자니 숨결이 뜨거워진다.

이, 어딘가 쓸쓸하게 움츠린, 무방비한 등짝을 걷어차고 싶다. 아파하는 니나가와를 보고 싶다. 갑자기 솟아오른, 지금껏 경험해 보지 못한 이 새로운 욕망은 섬광과 같아서 일순 눈앞이 아찔했다.

순간, 발바닥에, 등뼈의 감촉이 확실하게 전해졌다.

니나가와가 앞으로 고꾸라지며 얼떨결에 잡아당긴 이어폰 줄이 CD플레이어에서 빠져나오는 바람에 라디오에서 흘러나온 음악이 방 안에 큰 소리로 울려 퍼졌다. 세련된 분위기의 잡화점 같은 데에서 흘러나올 법한 보사노바조의 음악에 전혀 어울리지 않는

놀란 눈동자로, 그는 숨을 멈추고 나를 쳐다보았다.

"미안, 너무 세게…… 두드렸네. 어깨를 그저 가볍게 툭 칠 생각이었는데. 이제 그만 간다고, 얘기하려고."

문을 노크하는 듯한 손동작까지 덧붙여 가며 거짓말이 입에서 술술 흘러나왔다.

"지금 그거, 거의 펀치 수준의 위력이었어."

"제 신곡을 들려 드렸습니다. 아유, 창피해, 어떠셨어요?"라는, 올리짱의 촐싹대는 목소리가 들린다.

"아…… 목소리가 똑같다. 역시 내가 무지에서 만난 사람이 올리짱 맞네."

말을 돌리기 위해 일부러 목소리를 밝게 꾸며 말했다.

"이야, 정말 대단하다! 이 목소리를 실제로 들은 적이 있다니."

발로 차인 등짝을 문지르면서, 니나가와는 나를 '동경하는 직업에 종사하는 어른'을 보는 듯한 눈길로 바라본다.

발로 찬 것이 들키지 않기를. 하긴 설사 퍼런 멍이 들었다고 해도, 등이니까 여간해선 알아챌 일이 없겠지. 그의 등 뒤에서 아무도 모르게 내출혈하고 있을 푸른 멍을 상상하자 사랑스럽고, 게다가 손가락으로 눌러 보고 싶기까지 했다. 난폭한 욕망은 멈출 줄 모른다.

"맞다! 나, 집에 가려던 참이었지. 이렇게 늦게까지 체육복 차림으로 뭘 하는 건지. 그럼 갈게."

발을 옮기려는 순간, 갑자기 무릎의 힘이 쑥 빠지면서, 슬로모션으로 엉덩방아를 찧었다. 재빨리 니나가와를 쳐다보았지만 그는 이미 이어폰을 꽂고 또다시 올리짱과 둘만의 세계에 빠져들어 있었다.

여전히 텔레비전 소리가 들려오는 거실에서 아무도 모르게 긴 복도를 살금살금 지나 신발을 꿰신고 도망치듯 현관을 빠져나왔다. 밖은 이미 어둑어둑하고 기온도 떨어져 있다. 왠지 마음이 어수선했다.

밖에서 보니 니나가와의 방이 있는 2층 부분은, 길가에 면한 1층과는 전혀 다른 집처럼 보였다. 빨래투성이의 창문도 보였다. 그 너머에, 가장 소중한 상자를 수색당하고, 도둑맞고, 게다가 발로 차이기까지 한 남자애가 있다. 그렇게 생각하니, 왠지 참을 수 없었다. 반쯤 벌어진 입 안에 뜨거운 침이 고여 놀라서 고개를 들고 목구멍만 움직여 겨우 삼켰다.

돌아가는 길에 편의점 서적 코너에 들러 요전에 니나가와가 보고 있던 패션 잡지를 선 채로 훑어본다. 그런데 페이지마다 포즈를 취하고 있는 모델들이 하나같이 버터 냄새가 나고 코가 오뚝한 서

구형 미인들이라, 계속 보다 보니 전부 올리짱처럼 보이기 시작했다. 어쩌면 내가 만난 사람은 올리짱이 아니었을지도 모른다. 페이지를 계속 넘기자 흑백 지면의 기사 가운데 올리짱의 짧은 칼럼이 실려 있었다. 칼럼 옆에는 50엔짜리 우표만 한 올리짱의 사진이 있다. 어느 광고에선가 본, 처음인 사람도 간단히 신청할 수 있다는 금융기관을 소개하는 접수창구의 아가씨 같은 미소를 짓고 있다. 3년 전의 기억과 맞춰 보려고 했지만 어렴풋한 기억이라 잘 되지 않았다. 하는 수 없이 옆에 있는 칼럼을 훑어본다.

안녕하세요? Oli입니다. 이 글을 쓰고 있는 지금은 밤인데요, 창을 열었더니 밤바람과 함께 이웃집 욕실 냄새가 방 안으로 흘러들어 옵니다. 비누 거품의 좋은 향기와 멀리서 들려오는 희미한 샤워 소리가 굉장히 기분 좋아요. 자연의 경치를 자기 집 정원의 일부로 삼는다는 '차경(借景)'이란 말이 있지요? 그럼 이건 '차향(借香)'인가? 암튼 럭키!

그런데 여러분은 매일 잠이 잘 오나요? 저는 어떤 고민이 있어서 최근까지 불면증에 시달렸어요. 무슨 고민이냐면 제 목소리 말예요. 낮지요? 지나치다 싶을 만큼. 앨범 녹음을 하는데 아무리 애를 써도 생각처럼 고음이 안 나와서, 그것 때문에 끙끙 앓다 보니 밤에

잠도 잘 오지 않는 거예요. 작은 불빛이 신경 쓰이기도 하고, 몇 번이나 화장실에 가고 싶어지기도 하고. 여러분도 한 번쯤은 그래 본 경험이 있으시지요? 그렇지만! 해결책을 찾았답니다.

해결책이 뭐냐면……, 숨어서 자기.

방의 불을 모두 끄고, 책상 위 스탠드 하나만 밝혀 둡니다. 그리고 그 스탠드 빛으로부터 몸을 숨기듯 오리털 이불을 머리끝까지 푹 뒤집어쓰고, 숨바꼭질을 하는 기분으로 방구석에 작게 몸을 웅크립니다. 그러면 남모를 설레임이 온몸에 가득 차면서 행복한 기분으로 이윽고 잠에 빠져든답니다…… Zzz

잠 못 이루는 밤이 오면 꼭 시험해 보세요.

가슴이 먹먹하다.

그리운 이 아픔. 내가 무지에서 만난 사람은 틀림없이 올리짱이다. 유치한 사람. 세련되게 유치한 사람. 그리고 그녀 앞에 서 있던 촌스럽게 유치한 나. 손이 떨릴 정도로 무거운 패션 잡지를 다시 책꽂이에 꽂았다. 니나가와는 이렇게 '올리짱으로부터 주어진 올리짱의 정보'만을 모으고 있는 것이다. 올리짱의 실제 모습은 알지 못한 채.

삐딱한 외톨이

여름방학이 다가오면서 점점 더 더워지는 교실에서, 남자아이들은 반팔을 어깨까지 걷어붙이고 신발에 양말마저 벗은 맨발로, 여자아이들은 책받침으로 치마 속을 부치면서 억겁 같은 수업을 견디고 있었다. 하지만 점심시간이 되면 언제 그랬냐는 듯 생기발랄. 모든 그룹이 서로의 농담에 박장대소하며 점심을 먹는 바람에 와자지껄한 소리가 복도까지 울린다.

나는 내 책상에서 의자를 가져다가 창가의 하얀 목면 커튼 안쪽에 두고 창문을 열었다. 바람이 앞머리를 어루만지고, 머리 위 하늘은 파랗고, 눈앞에 펼쳐진 운동장에서는 배구공을 가지고 노는 남자아이들의 함성이 들려와 느긋하고 좋은 기분이 된다. 얼마 전까지만 해도 운동장에서 노는 학생들이 많아 여기저기서 함성이 들려오곤 했지만, 요 며칠간의 더위 탓에 눈에 띄게 사람이 줄었다.

요전에 기누요가 자기네 그룹 아이들과 도시락을 같이 먹고 싶다고 미안한 듯이 말을 꺼내며, "하쓰도 같이 먹으면 어때?" 하고 물었다. 하지만 그렇게 진심으로 미안해하는 듯한 기누요의 얼굴은 처음 봤기 때문에, 뭔가 거부감이 들어 거절해 버리고 난 뒤, 혼자서 도시락을 먹지 않으면 안 되게 되었다. 그렇다고 내 자리에서 혼자 먹자니 반 아이들의 시선을 한 몸에 받기가 괴로울 것 같았다. 그래서 어디까지나 나 스스로 고독을 선택했다, 는 식으로 보이도록 이렇게 창가에서 먹는 것이 습관처럼 굳어 가고 있다.

운동화를 발끝에 걸고 까딱까딱 흔들면서, 내가 혼자 밥을 먹고 있으리라고는 상상도 못 할 엄마가 만들어 준 색색깔의 반찬을 집어먹는다. 커튼 바깥쪽의 교실은 시끌벅적하지만, 여기, 커튼 안쪽은 내 플라스틱 젓가락이 도시락통에 부딪쳐 달그락거리는 우스꽝스런 소리만 들린다.

문득 등 뒤의 인기척을 느껴 돌아보자 같은 반 남자아이가 커튼 자락을 들추고 작은 페트병에 든 차를 마시면서 나를 보고 있었다. 그는 페트병에서 입을 떼고, 젖은 입술로 나에게 말했다.

"교실 에어컨, 오늘부터 틀기 시작했거든. 그런데 그렇게 창문을 열어 두면, 기껏 시원해진 교실이 말짱 도루묵이 되잖아. 창문 바로 옆에 있는 너야 시원하겠지만. 닫아 줘."

니나가와와는 전혀 다른, 낮고, 느리고, 뻔뻔스러운 목소리. 말없이 고개를 끄덕이자 그 남자아이는 재빠르게 다시 커튼을 쳤다. 나는 곧장 창문을 닫고 잠금쇠까지 채웠다.

또다시 있을 곳이 없어졌다. 이제부터는 책상에서 혼자 먹는 일에 견디지 않으면 안 되는 나날이 이어질 것이다. 하지만 생각해 보니 이제 곧 여름방학이 시작될 거고 학교에 안 와도 된다. 하지만 좀 더 곰곰이 생각해 보니 여름방학이 끝난 2학기에도 똑같은 나날이 이어질 뿐이다. 더 나빠질지도 모른다. 방금 그 남자아이의 태도, 그건 동급생에 대한 태도가 아니라 자기보다 한 단계 낮은 사람을 대하는 태도였다. 청소 당번을 억지로 떠맡기려고 하는 느낌, 이랄까, 이쪽이 위축되는 게 당연하다고 생각하는 듯한 태도. 니나가와가 반 아이들에게 그런 식의 대우를 받고 있는 것은 알고 있었지만, 설마 나까지 같은 취급을 받게 될 줄이야.

떨리는 손으로 빨간 체크무늬 주머니에, 작고 2단으로 된, 고양이 그림이 그려진 연분홍색 도시락통을 집어넣는다. 내 소지품 중에 유일하게 여자다운 물품이다. 누가 보고 있지도 않은데 갑자기

수치스러워져 도시락을 운동장에 집어던지고 싶어졌다.

　니나가와는 언제나 점심시간이 되면 교실을 나간다. 어디에 가 있는 건지는 알 수 없지만, 점심시간이 끝나갈 무렵이면 다시 돌아온다. 지금도 역시 교실에 없다.

　그와는, 무지에 함께 갔던 일 따위는 전혀 없었던 것처럼, 교실에서는 서로 "안녕?" 하는 인사조차 하지 않는다. 교실에서의 나와 그 사이에는 왠지 같은 극의 자석이 서로 밀어내는 듯한 거리감이 있다. 쉬는 시간에 반 아이들은 모두 친구들과 어울려 잡담을 하거나 하는데, 니나가와는 등뼈가 무르기라도 한지 항상 책상에 한쪽 볼과 한쪽 귀를 찰싹 붙이고 자고 있다. 그러면 나는 아무리 피곤하고 졸려도 왠지 같은 자세만은 피하고 싶어진다. 어쩔 수 없이 얼굴 앞에 기도할 때처럼 두 손을 모으고, 모은 두 개의 엄지손가락 위에 턱을 올리고, 두 개의 검지에 코와 입을 가볍게 대고 눈을 감은 모습으로 10분간을 보낸다.

　그런 주제에 수업 시간이 되면 나는 턱을 괴고 교단 바로 앞자리에 앉아 있는 그를 바라본다. 등을 걷어찼을 때의 발바닥의 감촉을 반추하면서. 그러면 몸이 뜨거워진다. 그러나 눈만은 냉정하게 그를 '관찰'한다. 눈초리와 몸의 온도가 서로 상반된 '상열하한(上熱下寒)' 상태다. 이런 눈초리로 남자를 보는 것에 괜히 죄악감이 들어 니나가와가 조금이라도 몸을 움직일라치면 즉시 시선을 거둔다.

내가 학교생활에서 느끼는 생생한 감정이라고는 오로지 이 '상열하는'뿐, 수업도 교실의 떠들썩함도 잿빛으로 바래 집에 돌아가도 학교에서 무슨 일이 있었는지 잘 기억나지 않는다. 긴장이 쌓인 탓에 등골이 빠질 것 같은 통증만 남아 있을 뿐이다.

학교에 있으면 빨리 집에 돌아가고 싶어 어쩔 줄 몰라 하면서도, 집에 있으면 학교 일만 생각하는 나날의 연속이다. 점심시간의 끝을 알리는 차임벨 소리에 슬슬 커튼 밖으로 나가자 교실에 있는 건 나 한 사람뿐이었다. 5교시에 있는 슬라이드 상영 때문에 모두 체육관으로 이동한 것이다.

체육관 안으로 들어가자마자, "아, 잠깐만!" 하고 불러 세워졌다.

돌아보니, '방송부'라는 완장을 두른 남자가 안경 너머 차가운 눈으로 나를 보고 있다.

"네?"

"거기 케이블이 깔려 있으니 발에 걸리지 않게 조심하세요."

그 말이 채 끝나기도 전에 이미 걸려 있었다.

체육관 바닥을 일직선으로 달리고 있던 오렌지색 케이블이 내 발목에 걸려 휘어져 있다. 케이블을 고정시켜 놓았던 접착테이프가 우글쭈글 말린 채 꺾어 신은 내 실내화 뒤꿈치 부분에 들러붙어 있다. 방송부원은 한숨을 쉬었다.

"어쩔 수 없군. 그대로 가만히 있어요. 어이, 케이블 조, 테이프 좀 다시 붙여 줘."

접착테이프를 든, 역시 방송부 완장을 두른 여자아이가 달려와서 내 발밑에 쭈그리고 앉았다.

"발 좀 치워 주세요!"

내 발을 양손으로 난폭하게 잡아 빼더니, 접착테이프를 쫙 찢어 오렌지색 케이블의 휘어진 부분에 붙이고, 신경질적인 손놀림으로 케이블을 복구해 간다.

체육관 바닥에는 수십 가닥은 돼 보이는 케이블이 혈관처럼 깔려 있었다. 케이블 끝에는 무대 위의 마이크나 스피커가 연결되어 있는 듯하다. 다른 아이들은 친구들끼리 서로 주의를 주면서 케이블을 피해 지나가고 있다. 누군가와 이야기하며 걷는 것보다 혼자서 말없이 걷는 편이 집중력이 높을 텐데, 왜 저 아이들보다 내 쪽이 부주의했던 것일까? 그것도 고개를 숙이고 걷고 있었으면서, 이렇게 화려한 색깔의 케이블을 눈치채지 못하다니.

나는 보는 것 같지만 실은 보지 않고 있었던 것이다. 주위의 풍경이 텔레비전 화면처럼, 그저 흘러가는 영상으로밖에 보이지 않는다. 방금도 정신을 차리고 보니 교실에서 체육관으로 이동해 있었다. 물론 복도를 지나고 계단을 내려와 여기까지 왔을 테지만, 자신의 내면만 보고 있는 까닭에 아무 기억이 없다. 학교에 있는 동안은 머릿속으로 늘 혼자서 이야기를 하고 있기 때문에 바깥 세계가 먼 것이다.

어두운 체육관 안에 빼곡하게 1학년들이 집합해 있다. 이미 성인 체격인 남학생들도 예의 그 낯익은 작은 덩어리가 되어 줄지어 앉아 있다. 고등학생이 되어서까지 쪼그려 앉기를 해야 하다니. 무릎을 감싸 안고 쭈그려 앉은 모습들, 크기는 각양각색이지만 죄다 쓰다 만 지우개마냥 꼴불견이다. 들쑥날쑥한 그들 대열의 틈새를 비집고 힘겹게 걸어간다.

우리 반을 찾고 있는데 기누요가 손을 흔들어 주었다. 다가가 보니 기누요 주위만 대열을 흐트러트리며 아이들이 무리지어 앉아 있다. 또 그룹끼리 뭉쳐 있다. 리더적 존재인 쓰카모토를 중심으로 작은 원을 그리고 있다.

"슬라이드 같이 보자. 이리로 앉아."

기누요가 엉덩이를 움직여 한 사람분의 공간을 만들어 준다. 그들의 원이 시력 검사판의 C를 뒤집어 놓은 마크처럼 되었다. 기누요 옆에 앉아 있는 관악부 여자아이도 서 있는 나를 올려다보며 친근감 어린 웃는 얼굴로 반기듯 한다.

기누요가 뭐라고 주입을 시켰겠지.

"우리 반에 하세가와 하쓰미라고 있잖아, 걔하고 중학생 때 친구였는데, 아직 우리 반에 적응을 못하는 것 같아. 안쓰러운데 우리 그룹에 끼워 주면 안 될까?"

이런 식이었을까. 말도 안 돼.

내준 자리에 앉지 않고 뭉쳐 앉은 원을 피해 제일 뒤로 가서 줄을 서자, 기누요는, "왜?"라며 볼멘소리를 냈다. 하지만 나를 쫓아오거나 하지는 않고 원 안에 눌러앉은 채였다. 관악부 여자아이가 보란 듯이 기누요의 어깨를 감싸고 위로한다. 기누요는 금새 누그러진 어른스런 표정이 되어, 무슨 일인지 고개를 크게 끄덕이고 있다. 한기가 들었다. 매일같이 쉬는 시간을 함께 보내고, 함께 도시락을 먹고, 함께 공부했던 친구가, 나를, 새로 생긴 친구와의 우정을 보다 돈독히 하기 위한 도구로 쓰고 있다.

방송이 흘러나오고 체육관의 조명이 차례차례 꺼져 갔다.

무대 위에서 대형 스크린이 내려왔다. 영사기가 돌아가자 무대가 하얗게 빛나고, 선명한 슬라이드 사진이 스크린에 비쳤다. 소풍 때 찍은 각 반의 사진이 방송부원의 밋밋한 내레이션과 함께 한 장씩 상영된다. 내가 찍힌 사진은 시간이 흘러도 나오지 않는다. 기다려 봐야 소용없다. 설령 있다고 해도, 그건 눈, 코, 입은커녕 성별조차 분간하기 어려울 정도로 작게 나온 단체 사진일 테지. 차례차례 바뀌어 가는 사진에 찍혀 있는 것은 카메라를 든 방송부원들에게 "찍어! 찍어!" 하며 거침없이 말을 걸 수 있는 깡 세고 튀는 아이들뿐.

학교 행사는 하품을 삼키면서도 매일 성실히 학교에 와 있는 학생들의 숨통을 터 주려고 있는 것이 아니다. 소풍 전날 '내일 소풍이라며? 일단 한번 가 볼까?' 따위의 문자를, 늦은 밤 맥도날드에서 주고받는 그런 아이들을 위해 있는 것이다. 그렇지만 이때 소풍은 나름대로 즐거웠다. 그 무렵에는 아직 기누요가 늘 곁에 있었고, 소풍 가는 버스 안에서도 옆자리를 지켜 줬기 때문에 푹 잘 수 있었다. 지금처럼 혼자였다면 절대 못 잤을 것이다. 자는 척만 할 뿐. 하지만 버스에서 옆에 앉은 친구가 나처럼 내내 자고 있다면 어떤 기분일까? 그때도 문득 잠에서 깨 옆을 보니, 기누요는 버스 통로 쪽으로 고개를 쑥 뺀 채, 신나게 떠들어 대고 있는 무리를 눈이 빠지게 쳐다보고 있었다. 기회만 있으면 언제라도 뛰어들 듯한 태세로, 상반신을 자리에서 반쯤 일으킨 채.

코앞에서는 기누요네 그룹 남자아이들이 분위기를 띄운답시고 슬라이드에 필사적으로 대사를 집어넣고 있었다. 대사라고 해 봐야 시시하기 짝이 없는 것들뿐이었지만, 가끔, 정말로 아주 가끔은 재미있는 것도 섞여 있었다. 하지만 그런 기적이 일어나는 것과 동시에 나의 괴로운 자기와의 싸움도 시작된다. 턱을 괴어 손바닥으로 볼과 입을 찌부러질 정도로 꽉 누르고, 미간에 힘을 주어 뾰로통한 얼굴을 유지한 채 무슨 일이 있어도 절대 웃음이 터져 나오지 않도록 노력한다. 고등학교에 들어와서부터, 라고는 해도 벌써 몇 번이나 이렇게 웃음을 참아 냈는지. 웃는다는 건 긴장을 푼다는 의미이고, 외톨이로 지내면서 긴장을 풀어 버리기에는 보통 이상의 용기가 필요한 법이다. 혹시라도 주위의 아이들이 깜짝 놀란 눈으로 쳐다보기라도 한다면 견딜 수 없을 것이다.

웃음을 참을 때 제일 안타까운 건 배의 근육이 제멋대로 실룩거리는 것이다. 이럴 때는 배꼽 아랫부분―단전이라고들 하는―에 힘을 주는 것이 요령인데, 지금까지 이를 수없이 반복해 온 덕분에 내 배에는 '웃음 참는 근육'이 생겼을지도 모른다.

그들의 이야기에서 신경을 딴 데로 돌리기 위해 주변을 둘러보자, 예의 그 뒤통수로 눈이 빨려 들어간다.

자다가 일어났는지 구불구불 말린 머리.

다른 남자아이들은 머리가 짧아서 자고 일어나면 머리카락이 돼지꼬리처럼 뻗쳐 있지만, 그의 머리카락은 너무 길어서 고무줄로 층층이 묶었던 것처럼 물결치고 있다.

니나가와는 대열의 앞쪽에 앉아 있어서 나보다 슬라이드가 잘 보일 텐데도 스크린을 전혀 보지 않고 있었다. 감싸 안은 무릎에 얼굴을 파묻고 누구보다도 옹골진 모양으로 웅크리고 있다.

둥글게 말린 그의 등짝에는 분명 신발 자국이 잘 어울릴 것이다.

뿌옇 가루 묻은 운동화 발자국. 그것이 잘 어울릴 것이다.

머지않아 누군가 찍어 줄지도 모른다. 학교생활에도 슬슬 익숙해지기 시작해서 그 무료함을 집단 따돌림으로 달래려고 하는 누군가. 그러면 나는 그 누군가가 부러워 어쩔 줄 모르겠지.

어느새 슬라이드 상영이 끝나 있었다. 학생들은 선생님의 지시에 따라 1반부터 순서대로, 하나같이 나른한 표정으로 체육관을 빠져나간다. 이윽고 우리 반 차례가 되어 나도 일어서서 출구로 향한다.

학생들로 바글거리는 신발장 앞, 겨우겨우 선반에서 운동화를 꺼내 떨어트리듯 툭 하고 바닥에 내려놓았다. 그러자 내 꾀죄죄한 운동화 옆에 어디선가 본 적이 있는, 보라색 로고가 들어간 나이키 운동화가 놓인다. 니나가와다. 그는 나무 발판에 걸터앉아 실내화를 벗었다. 나도 옆에 앉아 실내화를 벗고 운동화로 갈아 신는다. 고개를 돌려, 발치만 보고 있는 니나가와에게 뭔가 말을 걸어 보려고 했지만, 웬일인지 심장 박동이 빨라져 아무 말도 할 수 없었다.

니나가와가 바로 옆에 있다.

신발 끈을 풀고 있는, 투박하고 단단해 보이는 팔에 내 팔꿈치가 닿을 것만 같아서 반사적으로 상반신을 웅크려 접촉을 피했다. 턱을 아래로 당기고 눈만 치켜떠 그의 얼굴을 살폈지만, 그는 마음이 여기에 없다는 듯 차가운 표정을 지었다. 이 학교에서 나보다도 죽어 있는 그의 눈, 약간 오싹하다.

신발을 다 신은 그는 여전히 눈을 내리깐 채 몸을 일으키더니, 출구를 향해 몰려든 학생들에게 밀리듯 체육관을 빠져나갔다.

"방금 걔, 니나가와지?"

등 뒤에서 돌연 날아든 말소리에 깜짝 놀라 돌아보니 기누요가 흥미진진한 얼굴을 하고 있다.

"결국, 걔네 집에 갔었어?"

"응."

"정말? 그럼 고백이라도 받은 거야?"

조금 전까지 심통 부리는 태도를 보였던 나에게, 이처럼 금방 상냥하게 말을 걸어 주는 기누요가, 나는 참 좋다.

"전혀. 나, 중학생 때 어떤 모델이랑 만난 적 있었잖아?"

"아, 옛날에 얘기한 적 있다. 어디 잡화점 같은 데서 만났다고 했지?"

"그래. 근데 마침 니나가와가 그 모델 팬이었는지, 어디서 만났는지 알려 달라더라고."

"뭐? 어디서 만났는지를 알려 달라니, 옛날 그 장소에 다시 가 봐야 당연히 그 사람은 없을 거 아냐."

"응."

"뭐야, 걔? 꽤 중증이잖아?"

"……응."

말하지 않는 편이 좋았을지도. 기누요는 니나가와를 바보 취급해서 여기저기 떠들고 다닐 아이는 아니니까 그 점은 염려할 필요 없겠지만, 올리짱 일은 나와 니나가와 둘만의 이야기였는데…….

"기누요는 어때?"

"뭐가?"

"그 그룹이랑 계속 어울려 다닐 거야? 걔들, 벌써 모두 이상한 별명 붙은 거 알지? 외모들이 개성적이라 별명 짓기도 쉬웠나 봐."

'왜 나한테서 떠났어?'라는, 가식 없는 질문을 솔직하게 던질 용기가 없다. 빈정대는 편이 더 간단하니까, 언제나 그쪽으로 도망쳐 버리게 된다.

"별명 얘기는 하지 말아 줘. 모두 그것 때문에 신경이 곤두서 있으니까."

"감싸 주네."

"친구들이잖아."

'친구들'이라고 하는 말이 와사비처럼 코를 찡하게 울렸다. 그 찡한 느낌을 밖으로 몰아내기라도 하듯 코웃음을 쳤다.

"난 중학생 때 이미 질렸어. 친구들 따위."

"너무 극단적이야, 하쓰는. 그룹에 완전히 들어오라는 것도 아니고 일단 그냥 같이 어울려 보면 좋잖아."

"그것조차 불가능한걸. 중학생 때 참고 참았던 게 한꺼번에 폭발한 건가."

"…… 참았던 거라고 하는구나. 우리랑 보낸 시간을."

기누요가 서운한 듯 중얼거렸기 때문에 당황해서 얼른 덧붙였다.

"기누요는 잘 웃고, 맞장구도 잘 쳐 주고, 대화가 됐으니까 아무것도 참을 게 없었어. 하지만 그때 우리 그룹의 나머지 애들, 욧짱이나 야스다 같은 애들은, 언제나 입 꼭 다물고 졸리다는 듯이 남의 얘기를 듣고만 있었잖아. 그건 솔직히 견디기 힘들었어."

그때의 나는 이야깃거리를 찾기 위해 매일을 살고 있는 것 같았다. 그저 '썰렁'해지는 것이 두려워서, 보트에 새어 들어오는 차가운 침묵의 물을, 별 볼일 없는 일상의 보고(報告)로 막아 내는 데 필사적이었다. 손가락의 어디를 다쳤다, 어제 본 텔레비전이 재미있었다, 아침에 금붕어가 죽었다…… 하루 동안 있었던 일을 전부 이야기해도 모자라서, 침묵의 물은 또다시 스멀스멀 스며들어 온다.

"하쓰는 언제나 한꺼번에 얘길 쏟아 놓지? 그것도 듣는 사람이 듣는 역할밖에 할 수 없는 자기 얘기만. 그러면 듣는 쪽은 맞장구 치는 것 외에 달리 할 게 없잖아. 일방적으로 얘기하지 말고 대화를 하면, 침묵 따위는 생기지 않아. 만약 생겨도 그건 자연스러운 침묵이니까 전혀 어색하지도 않고."

기누요는 타이르듯 말한다. 인간과의 커뮤니케이션 방법을 같은 나이의 친구에게서 배운다는 것은 그야말로 귀를 틀어막고 싶을 만큼 부끄러운 일이다.

"됐어, 그만해."

나는 벗은 실내화를 들고 잰걸음으로 체육관 출구로 향했다.

기누요나 다른 아이들이 돌아올 교실에는 있고 싶지 않아서 그대로 육상부실로 직행한다. 오늘은 정말이지 온 힘을 다해 달리고 싶다. 교복을 벗고 체육복으로 거의 다 갈아입었을 즈음 다른 부원들도 육상부실로 와서 옷을 갈아입기 시작했기 때문에 좁은 실내가 갑자기 그녀들의 수다로 왁자지껄해졌다.

그녀들이 옷을 다 갈아입을 때까지 회의 탁자에 앉아 턱을 괴고 기다린다. 딱히 전원이 옷을 다 갈아입을 때까지 기다려야 한다는 규칙 따위는 없기 때문에 운동장에 나가려고 하면 언제든지 나갈 수 있다. 하지만 문이 로커 바로 옆에 있어서 나가려면 일단 옷을 갈아입고 있는 부원들에게 비켜 달라고 해야 한다.

"좀 비켜줄래?"

이 말을 하고 싶지 않다. 될 수 있으면 제일 처음 문을 열고 나가는 역할은 피하고 싶다. 아무것도 움직이고 싶지 않다. 하지만 이런 식으로 존재감을 지우기 위해 애쓰면서도, 존재감이 완전히 사라져 버린 걸 확인하는 것은 두렵다.

앞머리를 휘젓거나 연신 하품을 하거나 하면서, 상반신에 브래지어 한 장만 달랑 걸친 채 수다에 정신이 팔려 좀처럼 옷 갈아입기를 끝내지 않는 그녀들을 바라본다. 부원들 모두, 특히 선배들은, 화려하고 큰 브래지어를 하고 있다. 천이 두툼하고 와이어가 제대로 들어 있어서 벗어 놓아도 그 형태가 고스란히 유지될 것 같은 브래지어다. 대부분 흰색이나 핑크색이지만, 브래지어 전체에 작은 꽃들이 셀 수 없을 정도로 만발해 있다.

"우리 여름방학에 놀러 갈 계획 세우자."

옷을 다 갈아입은 1학년생들이 각각 다이어리를 손에 들고 내 근처에 털썩털썩 앉기 시작했다. 갑자기 갑갑해지면서 한시라도 빨리 빠져나가고 싶은 기분이 든다. 하지만 갑자기 일어서서 모두의 주목을 끄는 건 더더욱 싫어서, 턱을 괸 팔꿈치에 한층 더 힘을 주고, 그냥 앉아 있기로 한다.

부원들은 저마다 놀러 갈 계획을 이야기하며 두툼한 디즈니 다이어리의 공란을 색색의 펜으로 채워 간다. 충실한 여름방학을 보내기 위해서는 기말고사가 끝난 이때부터 움직이기 시작해야 하는 것이다. 얼마 전 부 운영회의에서 방중 육상부 연습은 일주일에 한 번만 하기로 결정 났기 때문에 우리의 여름방학은 넘칠 정도였다. 이 정도로 적은 연습 일정을 가진 운동부는 어디에도 없을 것이다. 부원들이 선생님을 능수능란하게 구워삶은 성과다.

"8월 말은 어떻게 하지?"

"어떻게 할까…… 수영장에 갈까?"

"에이, 7월에도 수영장에 가잖아. 그렇게 몇 번씩이나 수영장에 갈 만큼 돈 없어."

"그럼 어떡해? 불평만 해 대지 말고 너도 뭔가 좀 제안해 봐."

모두의 얼굴에는 절망감마저 떠올라 있다. 놀이공원, 수영장, 프리마켓, 미팅, 생각나는 놀이거리를 총동원해도, 여름방학의 마흔 칸을 다 채우려면 아직 멀었다. 놀 계획을 세우기 위해 저렇게까지 안달복달할 필요는 없겠지만, 그 노력을 게을리하면 여름방학이 무거운 압력으로 다가오기 시작한다. 너무 한가한 탓에 방학이 고통으로 변하는 그 청승맞은 기분을 모두 맛보고 싶지 않은 것이다.

계속해서 브래지어를 드러내고 있던 선배가 드디어 체육복을 입었다. 그래도 브래지어는 여전히 자기주장을 계속하고 있어서 꽃자수 부분이 비쳐 사각거린다. 십 엔짜리 동전 위에 종이를 대고 연필로 긁으면 십 엔 모양이 그대로 나타나는 것처럼, 그녀의 체육복 가슴 부분도 연필로 긁으면 브래지어의 복잡다단한 꽃 자수가 드러날 것만 같다. 브래지어 선배가 내 시선을 느꼈는지 의아한 표정을 지었다. 나는 얼른 육상부 일정이 쓰인 스케줄보드를 쳐다보는 시늉을 했다.

"하쓰도 한번쯤 같이 놀지 않을래?"

누군가 갑작스럽게 내 어깨를 두드렸다. 고개를 돌리자, 탁자에 둘러앉은 전원의 시선이 내게로 향해 있다. 나까지 끌어들일 생각을 하다니 어지간하군. 그렇다고는 해도 돌연 말을 걸어오니 좀 당황스럽다. 얼굴이 확 달아오르고 순간적으로 얼어붙는다. 말문이 막힌 채 있으려니까 부원 중에 한 사람이 들뜬 목소리로 말했다.

"맞다! 어디 멀리 갈 게 아니라 어렸을 때처럼 그냥 동네에서 다 같이 어울려 노는 건 어때? 남자애들처럼 신나게 노는 거야. 자전거 타고 동네를 누비고, 우리 집에서 수박도 먹고."

"그거 좋은 생각이네! 옛날 생각도 나고 재미있을 것 같아."

다들 일제히 나로부터 제안자에게로 시선을 옮기며 환성을 질러 댔다. 갑자기 신이 난 아이들이 앞다투듯 서로 이야기를 꺼내서 나는 제대로 입을 열지도 못한다. '꼬마야, 꼬마야' 하는 단체 줄넘기에서 좀처럼 줄 안으로 뛰어들지 못하고 주춤거릴 때처럼, 입을 열었다 다물었다 하는 사이에, 아이들은 모두 계획을 짜는 데 정신이 팔려서 나한테 말을 걸었던 사실조차 잊어버린 듯했다. 나 역시 그 사실을 잊어버린 척, 다시 스케줄보드로 시선을 돌렸다.

나는 아직 여름방학을 한 칸도 채우지 못했다. 백지 상태로 가로 놓인 여름방학에 막연한 불안감이 든다. 어디까지고 계속될 무료함의 사막을 나는 견딜 수 있을까?

운동장에서 연습을 시작한 지 얼마 되지 않아서 굵은 빗방울이 뚝뚝 떨어지기 시작했다. 연습은 중지되고 부원들은 체육관 처마 밑으로 피신했다. 처마 밑은 서늘했다. 젖은 등 뒤로 브래지어 끈이 비쳐 보이는 아이들은 타월로 몸을 닦으며 지면에 부딪히는 커다란 빗소리에 압도된 듯 말이 없었다. 그러나 뿌연 연기 같은 빗줄기 속에 운동장에서 이쪽을 향해 걸어오는 선생님을 발견한 순간, 모두 다시 활기를 되찾았다.

"선생님 머리, 풀려 있어!"

트레이드마크인 곱슬머리가 비에 젖어 이마에 찰싹 달라붙어 있다. 아이들이 손가락질을 하며 놀려 대자 선생님은 곧장 어리숙한 표정을 짓고 영문을 모르겠다는 듯 눈을 끔뻑거렸다. 제법 능숙해졌다. 원래는 그런 성격이 아니면서. 이어서 부원들이 할 말은 뻔하다. 선생님도 분명 알고 있을 것이다.

"선생님, 비도 오고 하니까 오늘은 연습하지 마요."

판에 박힌 전개였다. 그런데도 선생님이 광화학 스모그 경보를 숨긴 날 이래로 이런 모습을 보는 것이 전보다 힘들다. 불쑥, 매트 위에 앉아 있는 내 옆에 선배가 걸터앉았다.

"이런 빗속에서는 아무래도 연습이 불가능하겠지? 옷까지 갈아입었는데 아깝네."

"이거, 소나기죠? 금방 지나갈걸요."

"응, 나도 그렇게 생각해. 그래서 지금 '조르기 부대'한테 서두르라고 사인 보냈어. 비가 그치기 전에 선생님을 설득할 수 있느냐가 관건인데 말이야."

선배는 재미있다는 듯한 눈으로 선생님을 에워싼 부원들을 보고 있다. 심심해서 말을 걸어온 건지, 정말로 친절한 마음에 말을 걸어 준 건지, 잘 모르겠다.

"피곤하면 먼저 가도 돼."

내가 아무 말도 하지 않고 있으니까 선배가 말했다.

"아니에요, 뒷정리해야죠. 허들이 젖어서 녹슬지도 모르고……."

"이런 비에 뒷정리를 어떻게 하냐고 여자 부원들이 다 같이 졸라대면, 아마 정리 안 하고 끝낼 수 있을 거야. 괜찮아. 선생님은 뭘 좀 아는 사람이니까."

선생님은 뭘 좀 아는 사람이니까…….

운동장 정리를 빼먹어도, 체육관 창고 열쇠를 깜빡하고 잠그지 않아도, 서클 활동을 마치고 다 같이 술을 마셔도, 오로지 이 말뿐. 물론 그 말에 선생님을 경멸하는 듯한 뉘앙스는 전혀 없다. 그래서 더욱 백발이 성성한 어른에게 뭘 좀 안다, 고 말하는 것을 들으니 쓸쓸하다. 오래 살 필요가 있을까 하는 생각이 든다.

"육상부도 분위기가 많이 좋아졌어. 작년 고문은 무작정 스파르타식에, 기록밖에 모르는 인간이어서 그만두는 신입부원들도 많았는데. 올해는 다들 선생님이랑도 잘 어울리고, 서클 활동이 재미있어."

"이번 선생님은 그저 길이 잘 든 거 아니에요?"

빈정대듯 한마디 던지고선, '아차!' 하는 생각이 들었다. 일순 싸늘한 분위기가 감돌고 소름이 끼쳐 온다. 선배는 앞을 본 채 낮은 목소리로 내뱉었다.

"너, 언제나 날카로운 눈으로 주위를 관찰하는 줄 알았는데, 사실은 아무것도 못 보는구나? 한 가지만 말해 둘게. 우린 선생님을 좋아해. 너보다, 훨씬."

나는 아무것도 모르고 있는 것인지도 모른다. 어쩌면 육상부원들과 선생님 사이에는, 거짓이 아닌, 진정한 정이 흐르고 있을지도 모른다…… 라니, 그런 게 있을 리 없다. 방금 전 선배의 말은 단지 허세일 뿐이다. 아무리 시간이 흘러도 선배들의 방식에 물들지 않고 냉정한 시선으로 자신들을 보고 있는 내게 위협을 느껴서, 그 탓에 나온 허세다.

결국 부원들의 설득이 끝나기도 전에 비가 그쳤다. 연습은 재개되었고, 두 사람씩 달리는 100미터 전력 질주가 시작되었다. 이윽고 내 순서가 되어 선생님의 호각 소리를 신호로 전속력으로 달려나갔다. 비에 젖어 물러진 지면을 박차고 달려 코너를 도는 순간 하마터면 미끄러질 뻔했다. 페이스를 되찾으려고 허벅지를 높이 들어 올리며 달리자, 다리에 힘이 들어가면서 무거워져 속력이 더 떨어진다. 함께 달리던 아이의 찰랑이는 말총머리가 저만치 멀어져 간다.

골인한 뒤, 나는 거친 숨을 몰아쉬며 앞서 들어온 아이의 어깨를 두드리고는 싱긋 웃어 보였다.

"진짜 빠르다. 부러워. 그런데 좀 분한걸."

승부가 끝난 후 지어 보이는 환한 미소. 전혀 분하지 않은 얼굴로 분하다고 말한다. 이런 식으로 서로를 치켜세워 주는 척하면, 친해지지는 못해도 그럭저럭 잘 지낼 수 있겠지. 하지만 말총머리 부원은 당혹스러운 듯 웃으며 내 곁을 횡하니 떠났다.

"어이, 자기를 이긴 상대방을 그렇게 칭찬하면, 지는 버릇이 생긴다."

선생님의 목소리가 날아들었다.

"연습 때도, 지면 분하다는 생각을 갖는 것이 중요하다. 안 그러면 진짜 경기에서도 똑같이 돼 버린다. 연습을 통해 투지를 드러내는 방법을 배우는 거다."

선생님이 고지식한 얼굴로 열심히 말한다. 평소에는 정신이 가물가물하다가 일순 제정신이 든 할아버지를 보는 느낌이다.

"하세가와는 열심히 연습하니까 앞으로 실력이 더더욱 향상될 거다."

힘 있는 어조의 그 말을 들으니 나도 모르게 코끝이 찡해진다. 선생님에게서 눈을 돌리는데 눈물이 날 것만 같다. 역시 선생님이란 존재는 질색이다.

인정해 주었으면 좋겠다. 용서해 주었으면 좋겠다. 빗살 사이에 낀 머리카락을 한 올 한 올 걷어 내듯, 내 마음에 끼어 있는 검은 실오라기들을 누군가 손가락으로 집어내 쓰레기통에 버려 주었으면 좋겠다.

……해 주었으면, 하고 바라는 것들뿐이구나. 남에게 해 주고 싶은 것 따위는, 무엇 하나 떠올리지도 못하는 주제에.

발로 차 주고 싶은 등짝

니나가와가 벌써 나흘째 학교에 나오지 않고 있다.

그의 자리는 교단 바로 앞이라 비어 있는 게 유독 눈에 띈다. 반에서 좀 튀는 여자아이가 그의 책상에 발을 올리고, "여름방학을 못 참고 그새 우리 반에 등교 거부자가 나왔네!" 하며 웃었다. 쉬는 시간에 웬일로 기누요가 말을 걸어왔지만 화제는 그에 관한 것이었다.

"왜 학교에 안 나오는 걸까? 니나가와한테서 뭐 연락오거나 한 거 없어?"

"없어, 아무것도."

기누요 그룹의 다른 아이들도 흥미진진한 얼굴로 모여든다. 얘들은 걸핏하면 나를 에워싸고 이야기를 하려고 한다. 분명 기누요나 그들의 '양심' 때문이겠지. 하지만 그들에게는 얇은 막이 드리워져 있다. 웃는 얼굴이나 교차되는 시선 따위로 조금씩 펼쳐지는 막이다. 막은 얇고 속이 비쳐 보이는데도 고무로 되어 있어서, 내가 쭈뼛쭈뼛 손을 뻗으면 부드러운 탄력으로 튕겨 낸다. 대개는 무의식중에. 그리고 그런 식으로 튕겨져 나오면 나는 아무와도 이야기하지 않고 있었을 때보다, 더욱 완벽하게 혼자가 된다.

"우리 반엔 결석생이 거의 없으니까 더 눈에 띈다. 그러니까 등교 거부니 뭐니 얘기가 나오는 거겠지."

관악부 여자아이가 동정적으로 말한다.

아니야, 결석하는 사람이 많고 적고는 아무 관계없어. 모두들 니나가와가 등교 거부를 해도 이상할 게 없다고 생각하고 있으니까, 그런 소문이 나는 거야. 그리고 그가 다시 아무 일 없었다는 듯 학교에 나왔을 때 교실에 퍼질 가벼운 실망. 리얼하게 상상할 수 있다. 내가 결석을 해도 역시나 똑같은 반응들을 보이겠지.

"그냥 감기가 아닐까?"

기누요가 말한다.

"뭐? 이렇게 더운데 감기에 걸릴 리가 있나? 등교 거부 쪽이 훨

씬 확률이 높지. 그 녀석 친구도 없잖냐. 나 같았으면 못 견뎌. 학교
에 와도 얘기할 사람 하나 없다니."

"쓰바모토, 시끄러!"

내 입에서 반사적으로 튀어나온, 그 날카로운 목소리에 나 스스
로도 놀랐다. 이야기할 때 침이 잘 튀는 까닭에 반 아이들로부터
'쓰바모토*'라고 불리는 쓰카모토는, 눈을 동그랗게 뜨고 입을 다
문다. 기누요의 안색이 변했다. 다른 아이들의 눈길도. 순간, 기누
요와 다른 아이들의 얼굴이 모두 똑같이 보여서 등줄기가 서늘해
졌다. 다들 나를, '외부' 인간을 보는 눈길로 보고 있다.

하지만 정작 쓰카모토 본인은 태연히 웃으며, "내가 좀 그렇지?
아, 나 또 침 튀기고 있네?"라고 말하고는 다른 이야기를 하기 시작
했다. 기누요는 복잡한 표정으로 나를 흘낏 쳐다보더니, 이내 홱 하
고 몸을 돌려 자기네 그룹의 이야기에 몰두했다. 순간 쓸쓸함이 온
몸으로 퍼져 나갔다. 그 계곡물처럼 신선한 차가움에 몸서리가 쳐
졌다.

태어나서 처음으로 '문병'을 가기로 했다. 니나가와네에 가는 길

---

*つばもと(唾本). '침의 진원지'라는 뜻의 별명.

은 이미 외우고 있었다. 그와 함께 다녔을 때는 몰랐는데, 이 지역은 리모델링이나 신축이 유행하고 있는지 공사 중인 집이 유난히 많다. '분양 중!'이라는 빨간 플래카드가 펄럭이고 있는 신축 건물의 하얀 벽이 햇빛을 반사해 눈부시다.

어디선가 공사장의 굉음이 들린다 싶더니 아파트도 짓고 있다. 아파트를 둘러싸고 있는 방음벽 전면에, 빨간 벽돌을 타고 올라가는 담쟁이가 그려진 필름이 붙어 있다. 거리 미관을 해치지 않으려는 배려에서 붙인 거겠지만, 담쟁이가 너무나도 거짓말 같은 녹색이라 오히려 역효과다.

니나가와네 집 양옆의 집들도 역시 신축 건물이었다. 미끈하고 산뜻한 회색 건물들 사이에 끼어 있는 파란 기와를 얹은 니나가와네 집은, 아무도 쓰는 사람이 없는데 어쩐 일인지 우리 집 선반에 줄곧 놓여 있는 낡은 수동 연필깎이와 닮았다. 아버지가 어렸을 때 썼다는, 옛날 만화영화 스티커가 잔뜩 붙어 있는 그 파란 연필깎이와.

초인종을 누르자, 잠시 후 현관문이 열리고 안에서 아주머니가 얼굴을 내밀었다.

"사토시 친구?"

"네, 문병 왔는데요……."

니나가와의 어머니로 보이는 그 아주머니는 화장기 없는 얼굴에 다소 거무스름한 피부를 가진 사람이었다. 니나가와와 달리 밝은 표정에 붙임성 있는 얼굴을 하고 있다.

"어머나, 고마워라. 어서 와요. 고등학교 친구?"

"네."

아주머니 뒤쪽으로는, 지금까지 니나가와가 연 적이 없었던 장지문이 열려 있고, 그 너머로 햇살이 눈부시게 쏟아져 들어오는 아담한 거실이 펼쳐져 있었다. 커다란 텔레비전에서는 오후 프로그램 출연자들의 웃음소리가 왁자하게 흘러나오고, 겨울에는 고타쓰*로 쓸 것 같은 낮은 탁자 위에는 찻잔과 빨래집게로 봉한 과자 봉지가 놓여 있다. 앉은뱅이 의자의 빨간 체크무늬 방석 위에는 살찐 고양이 한 마리가 나를 보고도 별로 놀라는 기미 없이 심드렁하게 엎드려 있다. 처음으로, 이 집 본연의 모습을 본 것 같은 느낌이 들었다. 낡고 어딘가 음산한 집이 아니라, 그립고도 정겨운, 이런 따스한 단어가 어울리는 집이다.

"사토시도 분명히 기뻐할 거야. 지금 2층 자기 방에 있으니까 같이 올라가요. 이 집은 구조가 좀 희한해서, 2층으로 가려면 좀 복잡하거든."

---

*탁자 모양으로 생겨, 밑부분에는 전열 장치가 붙어 있고, 위에는 이불을 덮어씌우게 되어 있는 난방 기구.

"혼자서 갈 수 있어요."

아주머니는 웃음을 멈추고 내 얼굴을 쳐다보았다.

"그래? 너, 요전에 우리 집에 왔던 애구나?"

"네."

입술 양 끝에 팔자 주름이 선명한 아주머니는, 정색을 하면 어딘가 박력이 느껴져서 움찔움찔하게 된다.

"있잖니, 앞으로 우리 집에 올 때는, 오늘처럼 나한테 한마디 해줄래? 모르는 사이에, 모르는 사람이 자기 집에 드나드는 건, 너라도 싫겠지?"

순간 할 말을 잃고, "정말 죄송했습니다"라고만 대답했다. 아주머니의 말은 옳았다. 하지만 혼나는 것에 익숙하지 않은 나는 좀처럼 순순히 반성할 수가 없다. 나는 그저 니나가와가 하자는 대로 따랐을 뿐, 이 집은 원래부터 이런 식인가 보다 생각했을 뿐인데.

혼자서 계단을 올라가 2층의 빛바랜 장지문을 열자, 니나가와는 변함없이 어두침침한 방 한가운데서 이불 위에 신문을 펼쳐 놓고 엎드려서 보고 있었다.

"어, 하쓰?! 어쩐 일이야?!"

"문병 온 거야."

"문병? 겨우 감기인데? 대단한데! 암튼 고맙다."

98

씻지 않은 듯한―사실 감기로 누워 있었으니까 못 씻었겠지만―꾀죄죄한 얼굴로 코를 훌쩍이고 있는 니나가와를 보자 힘이 쭉 빠졌다.

"반 애들이 등교 거부라고 쑥덕여서, 진짠가 하고 와 본 거야."

"그럴 수가! 아직 4일밖에 안 빠졌는데. 그냥 감기야. 티켓박스 앞에서 밤새 줄을 섰더니."

니나가와는 상반신을 일으켰다. 언젠가 베란다에 널려 있던, 가느다란 회색 줄무늬가 들어 있는 겨자색 파자마를 입고 있었다.

"근데 그건 뭐야?"

"심심한 위로의, 복숭아."

시골에서 부쳐 준 것도 아니고, 과일 가게에서 돈 주고 산 것도 아니고, 그저 우리 집 냉장고에서 슬쩍해 온 복숭아 두 개들이 팩을, 다다미 위에 내려놓았다.

"이 방에 과일칼 있어?"

"없어. 근데 잘 익어서, 이 정도면 손으로 어떻게 될 거 같은데."

니나가와가 냉장고를 열자, 텅 빈 냉장고 안을 대신 채우기라도 하듯 제일 아래 칸에는 식기들이 착착 포개져 있었다.

"오늘은 포크가 없다."

니나가와가 두 장의 접시와 젓가락을 꺼낸다. 이어서 생수병을 꺼내더니, 조심스럽게 기울여 졸졸 흘러나온 물에 손을 헹군 뒤, 신문지 위에서 손으로 복숭아 껍질을 벗기기 시작했다.

"그러면 그 신문, 못 보게 되잖아."

복숭아즙으로 물들어 가는 스포츠신문 지면에는 요란한 청색 표제로 〈○○이혼〉 그리고 그 아래에 아주 작은 글씨로 '위기'라고 쓰여 있다.

"안 보니까 괜찮아."

니나가와가 젖은 손으로 신문을 접자 그 밑에서 낯익은 패션 잡지가 나왔다. 세 권 모두 올리짱의 페이지가 펼쳐져 있다.

"계단 올라오는 소리가 들려서, 당연히 엄마가 들어오는 줄 알았지. 이거 보는 걸 보면 질색을 하거든."

"나, 방금 아주머니한테 혼났어. 집에 올 때 인사 정도는 하라고."

"어? 엄마가 알고 있었어? 아무 말 없어서 모르는 줄 알았는데."

자기 자식보다 남의 자식이 나무라기 쉬운 걸까?

"우리 부모님, 이제 나라면 벌벌 떨어. 나처럼 껍질 속에 틀어박힌 인종을 접해 본 적이 없으니까."

부모님하고도 잘 지내지 못 한다니, 우습다. 불량한 것과는 또 다른 최악의 타입이다. 그나마 내 쪽이 낫다. 나는 적어도 부모님하고는 평범하게 이야기하지, 기누요도 있지……. 아니지, 기누요를 지금도 '있다'고 말할 수 있는 걸까?

베개 옆에 놓인 찻잔 속에서 묘한 것을 발견했다.

"얼음 속에 애벌레가 들어 있어!"

"아니야, 그건 허브야. 얼면 쪼그라들거든. 이걸 보고 따라서 만들었는데, 사진처럼 예쁘게는 안 되더라."

펼쳐진 잡지에 〈올리짱 레시피·허브 얼음 만드는 법〉이라는 기사가 실려 있다. 기사 옆 사진에는 앞치마를 두른 올리짱이 낯익은 미소로 이쪽을 보고 있다.

잡지를 열심히 들여다보던 니나가와의 입에서, 빨고 있던 사탕이, 툭 하고 타월이불 위로 떨어졌다.

"어, 사탕이."

니나가와의 손가락이 사탕을 집어 든다. 끈적끈적한 오렌지색 삼각형의 사탕에, 타월이불의 실밥이 지저분하게 엉겨 붙어 있다. 마음에 구멍이 숭숭 뚫린 듯 급격한 허무감이 몰려왔다.

"기분 나빠."

"뭐가?"

"줄창 올리짱, 올리짱 해 대는 거."

나는 소중히 보관하고 있던 누더기 사진을 지갑에서 꺼내 다다미 위에 올려놓았다. 니나가와는 얼굴을 들이대고 사진을 응시하더니, 곧바로 표정이 확 밝아졌다.

"이거, 잃어버린 줄 알았는데. 조잡하지만, 어딘가 마음을 끄는 구석이 있어서 좋아했거든."

예상외의 반응이다.

이런 것을 보여도 부끄러운 줄도 모르고, 훔친 나에게 화낼 줄도 모른다. 팬시 상자로 기어가 코를 훌쩍이며 누더기 사진을 조심스럽게 스크랩북에 끼워 넣는 그를 보자 오한이 일었다. 그는 이곳에 나 따위는 존재하지 않는다는 듯, 넋을 잃고 사진을 들여다보느라 이미 이쪽 세계에서 모습을 감추고 있었다. 이런 것을 반복하다 보면 언젠가는 아예 이쪽으로 돌아오지 못하게 되는 것이 아닐까? 나도 모르게 그의 팔을 붙잡았다.

"니나가와, 올리짱 얘기 말고 다른 얘기하자."

"응? 예를 들면 어떤 거?"

"뭐가 있을까, 뭐든, 아무거나 상관없으니까."

"……좋아하는 텔레비전 프로 같은 거?"

"아, 근데 나, 요즘 텔레비전 프로라고는 학교 가기 전에 보는 뉴스밖에 없으니까, 그건 좀……."

"그럼, 좋아하는 아침 뉴스에 대해서 얘기해."

"뭐어? 재밌겠냐, 그런 게?"

"그럼 말고."

둘이서 묵묵히 이야깃거리를 생각했다. 나는 이내 한 가지 생각이 떠올랐지만 좀처럼 입이 떨어지지 않아 접시 위에 덩그러니 놓인 복숭아를 젓가락으로 건드려 댔다. 복숭아는 푹 잘 익어서, 젓가락에 힘을 조금 가했을 뿐인데도 반으로 쪼개지며 접시 위로 하얀 과즙을 쏟아 냈다.

"반 애들, 어떻게 생각해?"

까만 젓가락으로 복숭아를 잘게 쪼개며, 그러나 한 입도 먹지 않은 채 아무렇지도 않게 말해 보았다.

"수준 낮지 않니?"

니나가와는 나에게 시선을 고정시킨 채 일순 정지되는가 싶더니, 이윽고 모든 걸 이해했다는 식으로 고개를 끄덕인다.

"아, 그러고 보니, 너도 생물 시간 조 편성할 때 혼자 남았었지."

'혼자 남았다'고 하는 말이 가슴에 찡하게 사무쳐 당황스럽다. 니나가와는 친구 따위에 무관심하니까, 아니, 올리짱 이외의 현실에는 무관심하니까, 절망적인 말도 이렇게 아무렇지 않게 던질 수 있구나.

"그런 게 아니고, 뭐라고 해야 하지. 난, 반 아이들이랑 별로 얘기를 안 하지만, 그건 '낯을 가리기 때문'이 아니라 '사람을 고르기 때문'이야."

"응, 응."

"그러니까 난, 사람에 대한 취미가 좀 고상한 편이라, 유치한 사람이랑 얘기하는 게 괴롭다고."

"'사람에 대한 취미가 고상하다'니, 그거야말로 최고로 악취미 아니야?"

니나가와가 코 먹은 소리로 태평하게 던지는 말에 울컥 화가 치밀어 오른다.

"하지만 나 알 것 같다, 그런 거. 그러니까, 그런 식으로 말할 수밖에 없는 기분, 알 것 같은 느낌이 들어."

동의는 동의지만, 내가 바라던 것과는 다르다. 하지만 그의 말에 신기하게도 마음이 차분해진다. 작은 복숭아 조각을 하나 입에 넣자 미적지근하다. 혀를 감싸는 듯한 달콤함이 입 안 가득 퍼진다.

"아야!"

복숭아를 먹던 니나가와가 얼굴을 찡그렸다.

"왜 그래?"

"복숭아즙이, 갈라진 입술에 스며들었어. 건조해서 까슬까슬해진 입술 껍질을 전부 뜯어냈거든."

코가 막혀서 입으로 숨을 쉬고 있는 탓인지, 니나가와의 입술은

104

메마르고 잔뜩 갈라져 있었다. 확실히 스며들겠네. 입술에 엄지손가락을 대고 눈썹을 찌푸린 그를 보고 있으려니 나도 모르게 말이 쏟아져 나왔다.

"정말? 잘됐다! 나도 만져 볼래! 핥아 볼래!"

몸이 저 혼자 움직여, 반쯤 벌어진 그의 갈라진 입술을 날름 핥았다.

피 맛이 난다.

니나가와가 얼굴을 뒤로 확 뺀다.

"아퍼! 지금 뭐하는 거야?"

의아한 표정을 지으며 니나가와는 엄지손가락으로 입술을 훔친다. 한술 더 떠, 파자마 소매로도 닦아 내고 있다. 그 모습을 보고서야 겨우 내가 무슨 짓을 저질렀는지 깨달았다. 얼굴이 굳어지고, 전신의 피가 싹 빠져나가는 느낌이다. 아무런 변명도 떠오르지 않는다.

"네가 무슨 생각을 하는진 전혀 모르겠지만, 가끔씩 날 보는 눈길이 이상해져. 지금도 그랬지만."

"뭐?"

"나를 경멸하는 눈으로 바라본다고. 내가 올리짱의 라디오를 들었을 때도 체육관에서 옆에 앉아 신발을 신었을 때도, 손톱만큼도 스치기 싫다는 식으로, 차가운 경멸의 시선으로 날 보고 있었어."

아니야, 경멸이 아니야.

더욱더 뜨거운 어떤 덩어리가 가슴 가득 차올라 숨이 막혀서 그런 눈이 되는 거야. 아니 그보다 니나가와, 내 눈이 어쩌고저쩌고……, 그럼 지금까지 나를 보고 있었다는 거야? 내 너머의 올리짱만 보고 있는 줄 알았는데…….

"그렇지만 별로, 싫은 건 아니야. 아, 그보다 올리짱의 첫 콘서트가 있는데 같이 가지 않을래? 티켓 값은 내가 낼 테니까."

니나가와가 갑자기 생각난 것처럼 말한다. 눈앞의 이 남자애가 무슨 생각을 하고 있는지 잘 모르겠다.

"티켓을 네 장이나 사 버려서 남거든. 흥미 없으면 말고."

"시간이 맞으면 갈게."

"다음 주 토요일 저녁."

틀림없이 육상부 연습이 있는 날이었지만, 고개를 끄덕였다.

"갈래? 그럼 티켓이 전부 네 장 있으니까, 친구 두 명 더 불러도 돼."

"안 불러. 별로 유명하지도 않은 모델의 콘서트에, 누가 가고 싶어 하겠니?"

"그래도 티켓이 두 장이나 남는 건 아까운데."

"니나가와가 누구 아는 사람을 부르면 되잖아."

"떠오르는 사람이 없어."

"한 명도?"

"한 사람은 있어……. 너."

발이 너무 좁잖아. 나보다 더하다.

"어쩔 수 없네. 그럼 내 친구 오구라 기누요를 부를게. 그걸로 됐지?"

"응. 그래도 티켓이 한 장 남는데……. 할 수 없지. 아깝지만 파는 수밖에……."

니나가와가 집요하게 계속 구시렁거렸지만, 무시하는 수밖에 없다. 나 역시 기누요 말고는 달리 부를 상대가 없는 것이다.

"그러게 애초에 티켓을 왜 네 장이나 샀어?"

"한 사람당 네 장까지 살 수 있었거든. 티켓박스 앞에서 새벽 네 시부터 줄 서 있었는데 달랑 한 장만 사 오자니 아쉬워서 말이야."

궁상맞은 건지 뭔지, 잘 모르겠다.

"그 탓에 감기까지 걸렸지? 아무리 첫 번째 콘서트라고 해도, 너무 호들갑이다."

"그럴지도……. 게다가 왠지 벌써부터 긴장돼."

아니나 다를까, 어느새 또 올리짱의 이야기를 하고 있다. 서로의 입술이 스쳤던 사실 따윈 없었던 일처럼 취급되고 있다. 아니, 자연스레 자취를 감추고 말았다. 쿠션을 손가락으로 꾹 누르면 부드러운 탄력으로 인해 금방 움푹 팬 자국이 사라지고 다시 둥그스름한 원래 상태로 되돌아가듯, 자연스럽게.

"실제 올리짱을 보면 실망하게 될까 봐 두려워하는 건지, 설마 그럴 리는 없겠지만, 왠지 설렘보다는 긴장감이 더 커."

올리짱에 대해 이야기할 때의 니나가와는 평소와 달리 공허한 느낌이 없이 진지하고 자기 자신에게 이야기하듯 말한다. 처음으로 실제의 올리짱을 마주하게 됐을 때 그는, 어떤 얼굴을 할까.

니나가와네 집에서 돌아오자마자 곧바로 기누요에게 전화를 걸었다. 옆에 의자가 있었지만 앉을 생각을 하지 못했다.

"네, 오구라입니다."

"기누요?"

"하쓰? 웬일이야? 오랜만이야."

정말로 오랜만인 듯한 느낌이 들었다.

"저기, 요전에 쓰카모토에게 쓰바모토라고 해서 미안해."

전화기 너머로 짧은 정적이 흐른다.

"하쓰가 사과를 다 하네. 해가 서쪽에서 뜨겠다. 괜찮아, 괜찮아. 신경 쓰지 않아도 돼. '쓰바모토, 시끄러'라는 말이, 요즘 우리 사이에서 아주 유행어가 됐다니까."

"그렇구나. 그런데 말이야, 다음 주 토요일에, 니나가와가 좋아하는 모델이 콘서트를 하는데, 티켓이 남는다거든, 니나가와랑 나랑 너랑 셋이서 같이 가지 않을래?"

다그치듯 조급한 말투가 마음에 들지 않는다. 이러면 마치 콘서트에 같이 가 주길 바라서 사과한 것 같잖아.

"우와, 멋지다! 전혀 생각지도 못한 계획인데? 잠깐 기다려. 다이어리 가져올게."

멀어져 가는 발소리에 중학생 때 몇 번인가 가 본 적 있는 기누요네 집을 떠올린다. 전화기가 놓여 있는 곳은 부엌 근처. 누군가 설거지를 하고 있는지 멀리서 들려오는 물소리. 나는 상당히 긴장하고 있었다. 기누요가 전화기로 돌아왔을 때는 이미 긴장감이 최고조에 달해 있었다. 친구에게 그저 놀러 가자고 청할 뿐인데 왜 이렇게 긴장이 되는 걸까.

"다행이다. 갈 수 있어."

기누요의 대답이 한심할 정도로 기뻤다.

토요일, 약속 장소인 전철역 플랫폼에서 제일 먼저 눈에 들어온 것은 생기 없는 모습으로 쭈그리고 앉아 있는 니나가와와 매달리는 듯한 눈으로 나를 보는 기누요였다.

"하쓰, 왜 이제야 와! 니나가와가 이대로 가다간 콘서트에 늦을지도 모른다고, 얼마나 애를 태우던지, 정말 무서웠다고."

시계를 차고 있지 않아서 정확히는 모르겠지만 30분 이상 늦은 것 같다. 지저분한 플랫폼 바닥에 쭈그려 앉은 채, 니나가와는 내가 다가가도 눈길조차 주지 않는다.

"신경 쓰지 마. 별로 애태운 거 없어."

"애태우고 있었잖아! 초조하게 플랫폼을 왔다 갔다 하질 않나, 차표를 물어뜯질 않나. 하쓰, 정말이야. 니나가와는 방금 전까지 계속 한군데만 노려보면서 차표를 잘근잘근 씹어 대고 있었다니까."

"차표를 씹어 대는 건, 버릇이야. ……라니, 원."

니나가와가 별수 없다는 듯 어두운 웃음을 토해 냈다. 기누요는 한숨을 쉬고 내 귓가에 작은 목소리로 속삭였다.

"너는 어떨지 모르지만, 나는 니나가와랑 전혀 친분이 없잖아. 느닷없이 우리 둘이서만 기다리게 하고, 어색해서 죽을 뻔했잖아."

"미안, 옷을 고르다 보니 시간이 좀 걸려서."

"그래서, 그게 엄선해서 입고 온 옷이야?"

여느 때처럼 눈두덩을 하얗게 칠하긴 했지만 화장 솜씨가 제법는 기누요가 나를 보며 얼굴을 찌푸렸다.

"응."

"······ 차라리 곤충 채집망이 더 어울리겠다."

반바지로 재탄생한 청바지, 자주색과 갈색의 굵은 가로줄 무늬가 들어간, 소매가 늘어진 럭비 셔츠, 그리고 바지 뒷주머니에 지갑 하나 달랑 꽂은 채 빈손이다. 늘 교복 차림이라 옷을 살 필요를 별로 못 느꼈기 때문에 잠옷이나 다름없는 후줄근한 옷들밖에 없었다. 발밑의 궁상은 화룡점정이다. 까만 땟자국이 발가락 모양으로 선명하게 찍힌 노란 비치샌들. 그 낡아 빠진 운동화보다야 낫다고 생각해서 신고 왔지만, 이렇게 햇살 아래서 보니 막상막하, 정도가 아니라 오히려 비치샌들의 압승이라고 해야겠다.

게다가 집에서는 몰랐는데 햇빛이 드는 플랫폼에서 보니, 피부가 검게 타서 체육복 자리만 하얗게 도드라져 이렇게 더운데도 럭비 셔츠의 하얀 단추를 턱 아래까지 채우지 않을 수 없었다.

기누요는 중학생 때와 마찬가지로 청바지에 티셔츠 차림이었지만, 자세히 보니 티셔츠에는 브랜드 로고가 작게 새겨져 있고 청바지도 폭이 좁은 칠부바지라 발목이 예쁘게 드러나 있다. 신발도 학교에서는 본 적 없는 거의 새 신발이다. 중학생 때와 달리 세세한 부분이 세련되게 바뀌어 있었다. 게다가 모르는 사이에 귀까지 뚫었다. 기누요와 나란히 서자 흡사 누나와 남동생처럼 보여서, 슬금슬금, 기누요로부터 거리를 두었다.

니나가와로 말할 것 같으면, 그는 영자신문 무늬의 남방셔츠를 입고 있었다. 전철역 풍경의 일부 같은 영자투성이의 회색 남방. 풀 먹인 듯 빳빳한 칼라에 닿은 목이 왠지 아플 것 같다.

먼지투성이의 후덥지근한 바람을 이끌고 전철이 플랫폼으로 미끄러져 들어왔다. 셋은 함께 전철에 올라탔다. 좌석끼리 마주 보게 된 자리가 있어서 기누요와 내가 나란히 앉고 니나가와가 맞은편에 앉았다.

나와 기누요는 티켓을 건네받았다. 〈Oli-Chang First Live Tour〉라고 적힌.

"이 티켓 3,500엔이나 하네! 나, 돈 낼게."

티켓을 자세히 살펴보니 확실히 가격이 적혀 있었다. 가방 안에서 지갑을 찾는 기누요를 보고 나는 당황했다.

"기누요가 가려고 했던 콘서트도 아니니까, 돈 낼 필요 없잖아?"라고 말하고, "티켓을 산 건 내가 아니니까 내가 결정할 일은 아니지만……"이라고 기어 들어가는 목소리로 덧붙인다.

"괜찮아, 괜찮아. 이런 데 쓰려고 알바 하는 거니까."

처음 들었다. 기누요, 아르바이트도 하고 있었구나. 내가 모르는 사이에 점점 더 활동적으로 변해 간다. 기누요는 가방에서 지갑을 꺼내 돈을 세기 시작했다.

"난 안 내."

나직이 선언했다. 아니, 못 내. 나는 아르바이트도 안 하지, 아니, 아르바이트를 한다는 발상조차 해 본 적 없다. 아무튼 매직테이프로 여닫게 되어 있는 나일론제 내 지갑 속에는 3,000엔밖에 들어 있지 않다.

"그래도 교통비는 냈다."

이렇게 덧붙이고 보니, 오히려 더 지질한 느낌이 든다. 지각했지, 돈 없지, 몰골은 궁상맞지, 어쩌면 나는 중학생 때보다 훨씬 더 꼴사나워졌는지도 모르겠다.

"돈은 됐어. 내가 불렀으니까, 내가 전부 내는 게 당연해."

니나가와의 분명한 어투에 나는 한숨을 놓았다. 잔돈을 세고 있던 기누요의 손도 멈춘다.

"그보다, 봐봐, 해가 지기 시작했어. 콘서트에는 이미 늦었는지도 몰라. 그래도 뭐 상관없어. 인연이 없었던 거겠지. 나하고 올리짱."

니나가와는 유리창에 이마를 댄 채, 노을에 물든 풍경이 스쳐 지나가는 것을 절망적인 표정으로 바라보고 있다.

짓누르는 듯한 공기, 우리 셋은 아무 말 없이 차창 밖의 석양을 바라보았다. 티켓에 적힌 입장 시간은 벌써 임박해 있었다. 만일 공연 시작 시간까지 도착하지 못한다면, 니나가와는 매일 밤 그 정방형의 방에서 약속 시간에 늦은 나를 저주할지도 모른다.

이윽고 목적지에 도착해 전철에서 내리자마자 뛰기 시작했지만, 니나가와가 아무 생각 없이 차표를 너덜너덜해질 정도로 씹어 댄 탓에, 표가 자동 개찰구를 통과하지 못하고 역무원이 있는 창구까지 가서 확인을 받아야 했기 때문에 로스 타임.

역을 나와서는 공연장의 위치가 표시된 지도에 의지해 해 저무는 낯선 거리를 논스톱으로 달렸다. 퇴근하던 회사원들이 놀란 얼굴로 달려가는 우리 세 명을 위해 길을 터 준다. 고층 빌딩이 즐비한 거리에, 숨을 헐떡이며 전속력으로 달려가는 우리의 모습은 전혀 어울리지 않는다. 내 비치샌들에서 나는 찍찍 소리가 넓고 곧은 도로에 바보스럽게 울려 퍼진다. 도로 양쪽에 일정한 간격으로 불을 밝히고 선 가로등이 벌꿀색 불빛 꼬리를 드리우며 내 곁을 하나하나 지나쳐 갔다.

큰 다리에 이르러서도 속력을 줄이지 않고 계속 달리면서, 다리 아래에 펼쳐진, 석양을 받아 반짝반짝 빛나는 강물을 바라보았다. 그러자 상황에 어울리지 않게 기분이 상쾌해져서 더욱 빨라진다. 바람에 몸이 녹아 버릴 것 같다.

다리가 끝나자 어느새 내가 선두에서 달리고 있었다. 그대로 내리막길을 달려 내려가자 고가도로 아래에 우주기지처럼 기발한 형태의 건물이 보였다.

"저거다!"

지도를 들고 있던 니나가와가 소리쳤다. 가까이 가 보니 건물 입구의 비탈길은 이미 엄청난 인파로 들끓었고 기다란 줄이 몇 겹으로 늘어서 있었다.

"다행이다. 아직 시작 안 했어. 줄 서자."

"나는 못해, 죽을 거 같아."

기누요는 비틀비틀 대열을 벗어나더니 지면보다 약간 높을 뿐인 보도블록에 쓰러지듯 주저앉아 고개를 들고 숨을 몰아쉬었다.

"하쓰도 좀 쉬어. 비치샌들 신고 그렇게 뛰느라 힘들었지? 저기 앉아서 쉬고 있어."

대열을 따라 천천히 앞으로 이동하면서 녹초가 된 얼굴로 니나가와가 말했다. 맞다, 나 비치샌들을 신고 있었지. 그러고 보니 발가락이 엄청 아프다. 발을 내려다보자, 양쪽 엄지발가락 모두 비치샌들 끈에 밀착된 부분의 피부가 벗겨져, 핑크빛 자몽의 과립처럼 댕댕한 뽀얀 속살이 얼굴을 내밀고 있었다. 상처가 너무 아파 보이는 통에 갑자기 몸에서 힘이 쭉 빠져 기누요 옆에 주저앉았다.

거친 숨을 몰아쉬며 줄지어 흘러가는 관객의 물결을 바라보았다. 우리보다 나이가 좀 많아 보이는 여성 관객들이 대부분이었다.

올리짱이 패션모델이라 그런지 멋지게 꾸미고 온 사람들이 많았다. 모두 허리에 작은 색을 두르고 있을 뿐, 거추장스럽게 큰 가방을 메고 온 사람은 없다. 남자 관객은 드물었다. 한눈에 봐도 여자 친구에게 억지로 끌려온 듯한 사람이거나, 묘하게 긴장된 표정으로 단독 행동을 하고 있는, 즉 니나가와 같은 타입의 남자를, 간신히 볼 수 있을 정도였다.

"쟤, 괜찮은 면도 있네. 여자라고 쉽게 해 주지, 티켓 값도 자기가 다 내주지."

옆에서 기누요가 말한다.

"뭐야, 갑자기?"

"응, 그러니까, 다음 번 데이트는 단둘이서 가도 되지 않겠어?"

"데이트?"

생각지도 못했던 단어다.

"그런 거 아니야, 기누요. 오늘은, 뭐라고 해야 하나, 암튼 절대 데이트 같은 거 아니야. 니나가와는 올리짱이 보고 싶어서 온 것뿐이야."

"글쎄, 그럴까? 니나가와, 자기가 좋아하는 사람한테 자기를 좀 더 알려 주고 싶었던 게 아닐까?"

기누요는 잘못짚어도 한참 잘못짚었다. 하지만 어디를 어떻게

116

잘못짚었는지 제대로 설명해 줄 수 없어서 답답하다.

내가 아무 말도 못하자 부끄러워한다고 착각했는지 기누요가 씩 웃는다. 사실 어느 쪽인가 하면, 내게는 이렇게 기누요와 함께 있는 시간이 오히려 더 데이트 같은 기분이다. 나는 기누요와 아무 일 없었던 것처럼 자연스럽게 이야기할 수 있을지 가슴을 졸이고 있었다.

"하쓰도 이런 얘기하는 건 부끄러운가 보네. 하긴 중학생 때는 이런 얘기 안 했으니까."

기누요는 입을 고무밴드처럼 헤벌리고는 발그레한 얼굴로 웃고 있다. 약간 푼수처럼 보이는, 내가 좋아하는 기누요의 부끄러워하는 얼굴이다.

공연장 옆에는 콘서트 기념품을 판매하는 부스도 설치되어 있었지만 손님은 별로 없었다. 올리짱의 포스터나 캘린더 견본 따위가 잘 보이게끔 부스 천막 끝에 매달려 있다. 니나가와의 팬시 상자에 채워 넣기 딱 좋은 물건들을 이것저것 팔고 있는 것 같다.

"기념품 사러 가. 이번에는 내가 줄 서고 있을 테니까."

몸을 일으켜 니나가와에게 다가가 말을 걸었다. 하지만 니나가와보다 뒤쪽에 서 있던 키 큰 여자 두 명이 내 말에 먼저 반응했다.

"기념품 판대. 어쩔까?"

"그래? 어떤 거?"

여자들 중 한 사람이 발끝을 세우고 부스 쪽을 쳐다본다.

"세상에! 저런 촌스러운 티셔츠를 4,500엔에 팔고 있어."

"어, 정말! 게다가 포스터는 1,000엔이네. 저런 종이 나부랭이 한 장에…… 올리짱도 노티 나게 찍혔네. 저건 또 뭐야? 저 손목 밴드. 요즘 세상에 누가 저런 걸 한다고!"

직장 여성으로 보이는 두 사람은 정말로 올리짱의 팬인지 의심이 들 정도로 심하게, 기념품을 하나하나 헐뜯어 댔다.

"……필요 없어."

가지고 싶어서 어쩔 줄 모르겠다는 표정으로 줄곧 부스를 쳐다보고 있던 주제에, 니나가와는 그렇게 말했다.

공연장 스태프에게 티켓 반쪽을 건네주고, 소지품 검사를 받았다. 공연장 안으로 들어가는 입구에서 혼잡은 극에 달했다. 주변에 이렇게 사람이 많으면, 고독한 시간 동안 쌓아 온, 스스로를 보호하기 위한 껍질이 쓸려 나가서 얇아지기 때문에 불안한 느낌이 든다.

"서두르지 말고 천천히 앞쪽으로 이동해 주세요!"

장내 정리 담당 스태프로 보이는 남자가 확성기에 대고 소리를 질렀지만, 사람들의 밀도는 점점 더해져, 뒤에서 밀고 들어오는 압력에 오징어가 된 기분이었다. "하쓰, 발 밟히지 않게 조심해!" 하는 기누요의 말에 얼른 발가락을 안으로 움츠린다. 니나가와가 뒤로 처진 내 손목을 잡더니 앞으로 잡아끈다. 그의 손이 너무 뜨거워서, 내 손목에 그의 손자국이 찍힐 것만 같다.

공연장 내부는 좌석이 따로 없이 아무 데나 서서 봐도 되는 형태로 꾸며져 있어서 그것이 관객의 사기를 드높인 듯했다. 지금까지 느긋하게 줄을 서 있던 사람들이 조금이라도 무대 가까이 가려고, 뒤에서 밀어 대고, 옆에서 파고들고, 다른 사람을 쓰러트릴 듯한 기세로 돌진해 온다. 여자들은 웃는 얼굴로 꺅꺅 소리치면서 믿을 수 없는 힘으로 밀고 들어온다. 니나가와도 이에 질세라 내 손목을 꽉 잡은 채 필사적으로 인파를 헤치고 나아간다. 어깨가 비틀어질 정도로 양쪽에서 눌러 와도 계속해서 앞으로 나아가려고 하는 그는, 예의 그 잘 어울리는, 곤란하다는 듯한 표정이 되어 있다.

"아픈 거 좋아해?"

그가 좋다고 대답한다면, 나는 분명 더는 그를 발로 걷어차고 싶지 않을 것이다. 걷어차는 쪽도, 걷어 채인 쪽도 기분 좋아하다니. 왠지 변태 같다.

"아주 싫어해. 느닷없이 왜 그런 걸 물어?"

내 말을 빈정대는 것이라고 여겼는지, 그는 불끈해서 내 손목을 놓더니, 전진하던 발걸음을 멈춰 버렸다. 결국 우리는 무대 근처로 가지 못했다. 키가 작은 편인 기누요는 내 옆에서 까치발을 하거나 고개를 빼거나 하면서, 어떻게든 무대를 볼 수 있는 위치를 찾아내려 애쓰고 있었다.

천장에는 검고 굵은 파이프가 무수히 허공을 가로지르고 있었는데, 나사가 풀리거나 해서 머리 위로 떨어질 것만 같다. 공연장 전체에 담배 연기 같은 것이 자욱하게 끼어 있어서, 아무리 눈에 힘을 줘도 시야가 개운치 못해 왠지 불안하다.

조명이 완전히 꺼지자, 술렁대던 관객들이 쥐 죽은 듯 조용해진다. 관객 모두가 무대 위를 주목하고 있는 가운데, 나는 홀로 숨죽인 채 니나가와를 보고 있다. 그의 얼굴이 하얀 빛을 받아 빛나기 시작한다. 무대 위에 조명이 들어온 것이다. 순간, 그는 눈부시게 아름다운 것을 바라보듯이 매우 애절하게 눈을 빛냈다. 그리고 주변 관객들도 기쁨에 넘친 환호성을 질렀다.

올리짱이 무대에 있었다. 니나가와가 지금, 처음으로 진짜 올리짱을 보고 있다.

스피커에서 상상 이상의 큰 음량으로 음악이 흘러나와 금세 공연장 전체를 가득 메웠다. 주변 관객들이 일제히 양손을 들어 올리고 몸 전체로 리듬을 타며 뛰기 시작하는 바람에, 나는 사방팔방에서 이리 부딪히고 저리 부딪혔다. 니나가와는 양손을 들어 올리지도, 리듬에 맞춰 몸을 흔들지도 않고, 나처럼 사람들에 밀려 비틀거리면서도, 절박한 표정으로, 집어삼킬 듯 올리짱을 보고 있다. 그녀가 부르는 노래의 가사는 잘 들리지 않지만, 빠른 템포의 밝은 멜로디나 다른 관객들의 반응으로 봐서, 이런 진지한 얼굴로 들을 만한 곡이 아니라는 것은 알겠다.

기누요는 벌써 분위기에 적응을 끝내고 노래도 모를 텐데 리듬에 맞춰 방방 뛰어 대고 있었다. 고개를 까딱까딱 흔들 뿐인 나는 수업 참관하러 온 엄마 같다. 주위를 따라 손을 들고 소리에 맞춰 움직이지만 내 손동작은 주위 사람들과 확실히 다르다. 손에 실린 에너지가 다르다. 다른 사람들의 손은 물결치면서 무대를 향해 바짝바짝 다가들 듯 움직인다. 쭉 뻗은 양팔을 멜로디에 맞춰 접었다 펴거나 손뼉을 치거나 하면서도, 손은 오로지 불빛 한가운데 있는 존재를 간절히 원하듯 움직이고 있다. 그리고 모두의 손 이상으로, 니나가와의 눈은 올리짱을 간절히 원하고 있었다. 자기 자신이 사라져 없어져 버릴 듯이 올리짱을 바라보고 있다.

노래 두 곡이 눈 깜짝할 새에 끝나고, '청바지 센스 있게 입는 법' 강좌가 이어졌다. 그제야 나는 겨우 무대 위의 올리짱을 볼 수 있었다.

역시 올리짱은 무지에서 봤던 그 사람이다. 웃으면 온화하게 처지는 눈썹이 똑같다. 하지만 지금은 너무나도 멀게 느껴진다.

"이건 올봄에 나온 새로운 디자인의 진인데요, 오렌지색 스티치가 귀엽죠? 벨트도 좋지만 이렇게 스카프를 두르면 색다른 멋을 낼 수 있죠."

그녀는 무대 뒤로 돌아가 다른 청바지로 갈아입고 나온다. 팬들의 환호성 속에 모델답지 않게 어린애마냥 수줍어하면서 턴을 하는 등 그 바지의 장점을 어필한다. 이 콘서트는 라디오로도 생중계되고 있는지, 무대 한쪽에 앉아 있는 남자 DJ가 올리짱의 설명에 "그 청바지는 한정 모델이죠"라는 등 추임새를 넣고 있지만, 흥분한 올리짱은 그의 말에 그다지 귀를 기울이지 않는다. 쾌활하고 들뜬 목소리로 자기 혼자 이야기를 이어 간다.

그리고 다시 노래가 시작되었다. 무대 배경으로 걸린 현수막에는 패션 잡지의 핑크색 로고가 크게 들어가 있고, 올리짱은 그 앞에 놓인 까만 파이프 의자에 다리를 모으고 앉아, 나른하고 세련된 노래를 불렀다. 노래의 음정이 틀리거나 가사를 잊어버릴 때마다, 눈을 감고 속상한 듯 미간을 찌푸려 제법 결연한 표정을 짓는다. 관객들이 "괜찮아!" 하고 격려하면 치아를 드러내며 씩 웃는데, 그 웃는 얼굴이 치어리더 유니폼처럼 빨강과 파랑이 선명한 티셔츠와 잘 어울렸다. 올리짱의 서툰 무대를 니나가와는 표정 하나 흐트러트리지 않은 채 지켜본다.

"오늘 이렇게 와 주셔서 정말 감사합니다. 저한테는 이번이 첫 콘서트인데요, 아, 기분 좋네요, 정말로. 모두 즐거우세요? 즐거우시죠? 여러분의 후끈한 열기가 여기 무대 위까지 전해지네요, 후훗! 어머, 그런데 자세히 보니까 남성 관객이 별로 없네요. 의외로."

올리짱은 DJ를 향해 빙글 몸을 돌렸다.

"팬레터는 남자 분들이 더 많이 보내는데!"

올리짱은 DJ의 대답을 기다리지 않고 다시 객석을 향해, "남자 분들, 다같이, 예-이!" 하고 소리치며 힘차게 뛰어올랐다. 여기저기서 남자 팬들이 굵은 목소리로 환성을 지르며, 올리짱과 같이 뛰어오른다. 하지만 니나가와는 소리도 내지 않고 움직이지도 않는다. 무대를 노려보듯 하면서 어금니를 악물고 있다. 긴장한 턱. 그리고 올리짱을 바라보는 그의 눈길, 굶주린 듯한 그 눈길. 발돋움을 하고 서서 그의 귓가에, 너 따위, 올리짱은 조금도 보고 있지 않아, 하고 속삭이고 싶다.

"지진이 나면 좋을 텐데……."

신음하듯 중얼거리는 목소리를 나는 놓치지 않고 들었다. 올리짱의 멘트와 그에 반응하는 관객들의 높은 웃음소리 사이사이로 들려오는 그의 목소리에 귀를 기울인다.

"관객들이 다들 패닉에 빠져서 출구로 몰려가는데, 나 혼자 무대 위로 올라가는 거야. 머리 위에서 흔들리는 조명 기구에 놀라서 꼼짝도 못하고 있는 올리짱을 구해 내는 거지.”

하지만 그는 절대로 지진 따위가 일어날 리 없다는 것을 안다는 듯, 절망적인 눈을 하고 있다. 이렇게 많은 사람들에 둘러싸인 열광의 도가니 속에서, 니나가와는 홀로 쓸쓸하다. 그가 불쌍하다는 생각이 드는 것과 같은 속도로, 반대편에 있는 또 하나의 격정이 차올라 온다. 니나가와의 상처받은 얼굴을 보고 싶다. 더 비참해졌으면 좋겠다.

그때 누군가 내 팔을 잡아끌었다. 기누요다. 내 귀에 입을 가져다 대고 어이없다는 듯, 밝은 목소리로 말한다.

“니나가와만 보지 말고, 무대도 좀 보지 그래.”

얼굴을 보니 웃고 있다. 다시 뭐라고 말한다. 하지만 스피커 소리가 너무 커서 들리지 않는다. 고개를 가로젓자, 다시 내 귀에 입을 가져다 대고 또렷하게 말했다.

“하쓰는, 니나가와를 정말로 좋아하는구나?”

기누요는 감동한 얼굴로, 멋쩍다는 듯 내 어깨를 세게 툭툭 쳤다. 오싹했다. ‘좋아한다’는 말과 니나가와에 대한 지금 내 감정의 간극 때문에.

앙코르 곡이 모두 끝나고 밖으로 나오자 완전히 어두워져 있었다. 지금까지 같은 공간에서 함께 열광했던 모두가, 전혀 무관한 타인의 얼굴을 하고 공연장을 훌훌 떠나간다.

"나, 원래 올리짱이라는 모델 잘 몰랐는데, 오늘 아주 재밌었어."

기누요는 잔머리가 다 빠져나온 말총머리를 고쳐 묶으면서, 올리짱이 부르던 노래를 코로 흥얼거리고 있다. 나는 방금 전까지 울려 퍼지던 수많은 곡들 가운데 어느 하나 기억나지 않는다.

"다들 역으로 가고 있네. 우리도 사람들 따라서 같이 가자. 축제 같아서 재밌잖아."

기누요가 그렇게 말한 순간, 역으로 이어진 길로 향하고 있는 대부분의 사람들과 달리, 무슨 일인지 공연장 뒤편을 향해 달려가는 사람들이 우리들 앞을 우르르 지나쳤다. 한 무리도 아니고 몇 개나 되는 그룹들이 꺅꺅 소리를 지르면서 뒤쪽으로 몰려간다.

"저 사람들은 뭐지? 잃어버린 거라도 있나?"

약간 방심 상태였던 나는 아무런 대답도 못 하고 그저 멀거니 그 사람들을 바라볼 뿐이었다.

"……아니야, 뭘 잃어버린 게 아니야. 저 사람들, 대기실 쪽으로 가는 거야. 대기실 문 앞에 가서 올리짱이 나오는 걸 기다리려는 거야."

니나가와가 그렇게 중얼거리는가 싶더니, 그 사람들을 따라 엄청난 속력으로 달리기 시작했다. 생각할 겨를도 없이, 내 몸도 멋대로 그의 뒤를 쫓았다.

"하쓰, 잠깐만!"

기누요가 소리쳐 불렀지만 발이 멈추지 않는다. 공연장의 코너를 돌자, 지면이 아스팔트에서 비포장으로 바뀌는가 싶더니 주차장 같은 뒤뜰이 나왔다. 이미 많은 사람들이 떼 지어 몰려 있다.

니나가와와 둘이서 까치발을 하고 서서 사람들 뒤통수 너머로 상황을 살핀다. 공연장의 작은 뒷문은 닫혀 있고 올리짱은 아직 나오지 않은 것 같았다. 문 양쪽에 경비원들이 배치되어 있는 게 분위기가 제법 살벌하다. 그로부터 몇 미터 떨어진 곳에는 차창을 가려 안이 들여다보이지 않는 차가 한 대 정차되어 있고, 문에서부터 거기까지 팬들의 줄이 길게 이어져 있다. 팬들 앞에는 로프가 쳐져 있고, 그 안쪽에는 콘서트 스태프 몇 명이 올리짱을 안전하게 배웅하기 위해 대기하고 있었다.

니나가와는 충혈된 눈으로 닫힌 뒷문만 노려보고 있다. 그에게 있는 건 두 눈뿐. 나에게 있는 것도 두 눈뿐. 그저 바라볼 뿐인 이 행동들을, 뭐라고 부르면 좋을까.

나는 올리짱을 바라보고 있는 니나가와가 좋다.

126

"빨리 안 가면, 버스 끊길지도 몰라."

뒤쫓아 온 기누요가 숨을 헐떡이며 말한다.

그때 문이 열리고, 경비원들이 한 발짝씩 앞으로 나아간다. 주위의 팬들이 일제히 카메라를 준비한다. 일순 정적.

건물 안에서, 드디어 올리짱이 모습을 드러냈다. 공연 때와 마찬가지로, 아니 그 이상의 열광적인 환호성이 터져 나온다. 무지에서 봤을 때와는 딴판으로 눈부시게 빛나고 있다. 티셔츠에 청바지 차림으로, 바람에 머리를 나부끼면서 큰 보폭으로 성큼성큼 걸어오는 그녀는, 역시나 키가 크다. 보고 있으면 나도 모르게 마음이 풀려 버릴 것 같은 구김살 없는 미소. 갓 구워 낸 빵처럼 향긋한 냄새가 날 것만 같다.

여성 팬들이 환성을 지르며 로프 너머로 걸어오는 올리짱에게 팔을 뻗어 꽃다발을 던지듯이 건넸다. 올리짱은 그 큰 꽃다발을 마치 아기를 품에 안 듯 두 팔로 감싸 안고, 다정한 미소를 지으며 흔들리는 꽃송이들을 들여다보았다.

그때 갑자기 옆에 있던 니나가와가 올리짱에게 이끌리기라도 한 듯 휘청휘청 걸음을 내딛었다. 그러고는 올리짱을 둘러싼 사람들의 울타리를 양손으로 헤집으려고 했다. 하지만 팬들은 올리짱에게 정신이 팔려 꿈쩍도 하지 않는다. 그러자 니나가와는 그의 앞을 가로막고 있던 여자를 거칠게 밀어제쳤다. 여자는 비틀거리다가 흘러내린 나시 끈을 끌어올리며, "뭐하는 거예욧!" 하고 새되게 쏘아붙였다.

"니나가와, 그만둬!"

기누요가 그의 소매를 잡고 말렸지만 뿌리치더니, 점점 더 난폭한 동작으로 사람들을 밀치며 앞으로 나아간다.

"하쓰, 말리는 게 좋아."

불안해하는 기누요에게, 나는 멀거니 고개만 끄덕인다.

그래, 빨리 그를 말려야 해.

하지만 움직일 수가 없다. 처음으로 자신의 껍데기를 깨고 나오려는 그가 너무나도 멀게 느껴져서 발이 떨어지지를 않는다.

밀쳐진 팬들의 아우성이 빗발치는 가운데, 마침내, 니나가와와 올리짱 사이의 거리는 로프 하나로 좁혀졌다. 그러나 올리짱은 겁을 내기는커녕 놀라는 시늉조차 없었다. 웃는 얼굴 그대로, 니나가와에게는 눈길 한 번 주지 않은 채―하지만 분명 시야 한쪽 귀퉁이에는 비치고 있었겠지―나머지 팬들에게 연신 손을 흔들며, 발로 완만한 커브를 그려 그가 있는 곳을 멀찍이 피해 앞으로 나아갔다. 오로지 그녀 한 사람만을 위해 준비된 레드 카펫을.

니나가와가 한 발짝 앞으로 내딛자, 순식간에 장벽이 가로놓였다. 스태프들의 장벽이다. 등 뒤에 회사명이 들어간 티셔츠를 입고 있는 그들은, 프린트의 점선 부분을 가위로 잘라 내듯, 니나가와와 올리짱 사이를 깔끔하게, 싹둑 하고 잘라 냈다.

"이봐, 너, 이러면 좀 곤란하지."

니나가와가 인파 속에서 끌려 나오는 그 너머로, 미리 준비되어 있던 자동차에 올라탄 올리짱은 창문 너머로 팬들에게 손을 흔들며 미소를 띤 채 떠나갔다.

"다음에 또 올리짱 앞에서 그런 위험한 짓을 하면, 그땐 경비원들한테 끌고 가라고 할 테니까 명심해."

스태프의 차가운 목소리가 허공에 울린다.

니나가와는 냉정하게 '처리'되었다. 스태프에게, 그리고 올리짱에게.

그는 기누요가 잡아당기는 바람에 엉망으로 풀어 헤쳐진 옷깃도 그대로 둔 채, 텅 빈 눈으로 우두커니 서 있다. 그리고 나는 그런 그가 견딜 수 없었다.

네가 더 욕먹었으면 좋겠어. 더 비참해졌으면 좋겠어.

돌아오는 길, 동네까지 가는 전철은 겨우 탈 수 있었지만, 역에 내리자 버스는 이미 끊긴 뒤였다. 우리 집도 기누요네 집도 역에서 걸어갈 수 있는 거리가 아니었다.

"내 버스는 벌써 끊겼다. 하쓰는?"

다른 버스 정류장에 시간표를 확인하러 갔던 기누요가 녹초가 된 얼굴로 돌아왔다.

"나도……. 벌써 30분 전에 막차가 떠났어."

주위를 둘러보자, 역 바로 뒤편에 있는 이 버스 정류장 주변은 칠흑같이 어두웠다. 정류장 옆에 서 있는 가로등 하나가 버스 시간표나 겨우 알아볼 수 있을 정도로 어슴푸레한 빛을 발하고 있을 뿐, 도로에도 지나가는 차 한 대 없다. 버스 정류장 뒤쪽은 공터로, 야한 광고지가 덕지덕지 붙은 철책 너머로 사람 키보다 웃자란 풀들이 무성하다. 가전제품이며 부서진 오토바이 따위가 버려져 있는 공터에서 눅눅한 풀 냄새와 분뇨 냄새가 풍겨 온다. 그 옆에 서 있는 전봇대에는 빨간 글씨로 '치한 주의!'라고 쓰인 간판이 철사로 칭칭 동여매져 있다.

"여기서 노숙할까?"

"무슨! 집에 전화해서 차로 데리러 오라고 하자. 아마 우리 아빠 집에 오셨을 거야. 하쓰도 같이 태워 달라고 할게."

니나가와는 우리 두 사람의 얘기를 듣고 있는지 안 듣고 있는지, 철책에 기대어 쭈그리고 앉아 있다. 공터에 버려진 대형 쓰레기 중에 하나 같다.

"기누요, 잠깐만! 니나가와, 너네 집 여기서 걸어갈 수 있는 거리였지? 우리 둘 재워 주면 안 돼?"

니나가와의 모습을 보고 있자니, 입술이 제멋대로 움직였다. 그는 머리카락으로 반쯤 가려진 얼굴을 들어 나를 올려다본다.

"우리 집?"

"그래."

"이렇게 늦은 시간에 갑자기 들이닥치면, 니나가와네 가족들한테 실례잖아. 니나가와도 피곤한 것 같고. 그냥 집으로 가는 게 좋겠어."

기누요가 곤혹스러운 듯 속삭인다.

그럴지도 모른다. 하지만 오늘 밤에는 그를 혼자 두면 안 될 것 같다는 생각이 든다.

"상관없어. 둘 다 우리 집에서 자고 가. 가자."

니나가와는 몸을 일으켜 걷기 시작했다.

"그럼 하쓰는 니나가와네 가는 걸로 하고, 나는 이만 여기서 헤어질까?"

"왜?"

"그건……. 아, 그치만 하쓰 혼자서 가면, 니나가와네 부모님이 깜짝 놀라시겠다. 그치? 그럼, 그냥 나도 가지 뭐."

가로등이 드문드문 켜져 있는 언덕길을 셋이 함께 걸어간다. 신발 밑창에 들러붙은 야한 광고 스티커를 떼어 내면서, 우리를 안내하듯 자기 집을 향해 앞서 걷는 니나가와의 뒤를 따른다.

니나가와네 집 창문에는 아직 불이 켜져 있어서, 햇빛 아래에서 볼 때보다 밝은 느낌이 들었다. 창문이 열려 있는지, 스포츠뉴스 소리가 새어 나온다. 니나가와가 문을 열었다. 셋이 함께 안으로 들어가자 어두운 현관이 미어터질 듯했다.

"맞다, 오늘은 아주머니한테 인사를 드려야지."

"귀찮은데 됐어. 조용히 복도를 지나서 그냥 내 방으로 가면 돼."

"그러면 안 되지!"

기누요가 아무 망설임도 없이, 안에서 텔레비전 소리가 들려오는 거실의 장지문을 열었다. 아주머니와, 저 안쪽에 또 한 사람이 보였다. 기누요는 버스가 끊겨서 집에 못 가게 된 사정을 설명했다. 니나가와네 부모님은 기누요의 말에 고개를 끄덕이더니 웃음기 없이 각자 집에 전화를 해 두라고만 말했다. 나는 문 귀퉁이로 얼굴만 살짝 내밀었을 뿐, 결국 또 제대로 된 인사를 하지 못했다. 니나가와는 거실을 들여다보지도 않은 채, 어두운 현관에서 기누요와 부모님의 이야기가 끝나기를 기다리고 있었다. 니나가와네 부모님의 충고에 따라 기누요와 내가 집에 전화를 거는 동안, 니나가와는 집 안으로 들어가더니 이불을 짊어지고 돌아왔다.

좁고 긴 복도를 지나, 뜰을 가로질러, 담벼락에 난 문을 열고, 돌연 나타난 계단을 올라 방으로 들어갔다. 나는 이미 이 방에 익숙해져 있었지만, 기누요는 "비밀의 방 같아!" 하며 놀라워했다.

니나가와가 지고 온 이불을 다다미 위에 떨어트리듯 내려놓았다.

"나는 내 이불에서 잘게. 오구라하고 하쓰는 새 이불을 써. 이불을 한 채밖에 못 줘서 미안하지만, 두 사람분을 펼 자리가 없어서."

다다미 위에 앉아 한숨을 돌렸다. 콘서트장에서 수많은 인파에 부대끼고 온 우리 몸은 땀으로 범벅돼 노린내를 풍기고 있다.

"몸에서 별의별 사람들 냄새가 나! 그렇게 여자들만 잔뜩 있는 콘서트였는데도, 이 냄새, 남자들 저리 가라네. 빨리 목욕하고 싶어."

기누요가 자기 팔에 코를 대고 킁킁거리며 말했다.

"이 시간에 욕실까지 쓴다고? 괜찮을까?"

"괜찮아. 방금 아주머니랑 말할 때, 허락 받았으니까. 그럼, 방주인인 니나가와 먼저 씻어."

"난 안 씻을래. 안 되겠어. 지금 욕조에 들어가면 나가떨어질 것 같은 느낌이 들어."

"뭐? 그 땀투성이 몸으로 그냥 이불 속에 들어가 뒹굴겠다고?"

"그럼 난 베란다에서 잘게. 미안. 잘 자."

니나가와는 비슬비슬 일어서더니, 방에 붙어 있는 다다미 한 장 정도의 좁은 베란다로 나가 창문을 닫았다.

"어떡하지. 나, 방주인을 내쫓아 버렸다."

"그냥 내버려 두는 게 좋을 거 같아. 지금은 맥이 빠져서 아무 의욕이 없을 거야."

"그렇겠지. 그런 짓을 했으니 맥이 빠지고도 남겠지."

대기실 앞에서의 일을 생각하고 있는지 기누요가 한숨을 쉰다.

결국 기누요가 먼저 욕조에 들어갔다 나오고, 나는 그 후에 샤워만 잠깐 했다. 애써 몸을 씻었는데 다시 땀에 전 속옷과 티셔츠를 걸칠 수밖에 없었지만, 기분은 어느 정도 상쾌해졌다. 빌린 목욕 타월로 머리를 닦으며 2층 방으로 돌아왔다.

막 씻고 나와 열기가 가시지 않은 몸으로 기누요와 둘이서 이불을 폈다. 손님용 이불인지 풀 먹인 새 시트가 이불 사이에 끼여 있어서, 그것도 펼쳐서 깔았다. 니나가와도 잘 때는 방으로 돌아오겠지, 하고 생각해서, 잠시 망설인 끝에 기누요와 함께 벽장 속에 있던 그의 이불도 꺼내 깔았다. 그의 말대로 이 방 크기에는 이불 두 채가 한계라, 이불이 다다미를 온통 뒤덮어 방이 백색 세상으로 변

134

했다. 청결하고 눈부시게 빛나는 하얀 시트 위로 미끄러지듯 들어가 뒹굴었다. 아기의 배내옷 같은 천으로 된 타월이불이 반가워서 얼굴을 푹 파묻자 기분 좋은 느낌이 들었다. 내 발치에 앉아 있는 기누요는, 화장을 지워서 중학생 때의 작은 눈으로 돌아와 있다.

"배고프다. 그러고 보니 하쓰, 우리 저녁 안 먹었다."

"정말이네. 냉장고 열어 보자. 뭔가 있을지도 몰라."

미니 냉장고의 작은 문을 열자, 차와 사이다 페트병, 아직 따지 않은 요구르트 팩이 들어 있었다. 이전과 마찬가지로 냉장고 맨 아래 칸엔 식기도 함께 냉장되어 있다. 요구르트와 유리접시 두 장, 티스푼 두 개를 꺼내자, 기누요는 바로 접시에 요구르트를 듬뿍 덜어 퍼먹기 시작했다. 나는 요구르트는 시어서 별로 좋아하지 않는다. 요구르트 팩 뚜껑에 붙어 있던 설탕을 유리접시에 솔솔 뿌려 손가락으로 찍어 먹는다.

기누요의 스푼이 접시에 부딪히는 소리만 방 안에 울려 퍼진다. 오랜만에 둘만 있다 보니 무슨 이야기를 해야 좋을지 모르겠다.

"니나가와가 창문을 닫아 버려서, 방이 너무 덥다."

기누요가 몸을 일으키더니, 리모컨으로 에어컨을 제일 낮은 온도로 설정해 스위치를 켠 뒤 다시 앉았다. 묵은 가쓰오부시 같은 비릿한 냄새를 풍기는 차가운 공기가 이불 위로 쏟아져 내려온다.

"뭐지, 저 인형들? 무서워."

기누요는 또다시 부산스럽게 일어서더니, 서랍장 위에 놓인 여러 개의 목각 인형과 유리 상자 안에 든 일본 인형을, 부지런히 뒤돌려 놓기 시작했다.

"왜 그렇게 하는데?"

"자다가 깼을 때 눈이 마주치면 기분 나쁘잖아."

"인형들을 그렇게 돌려놓는 게, 뒤돌아볼 것 같아서 더 무섭다."

인형들을 모조리 뒤돌려놓더니 이번에는 학습용 책상으로 다가간다. 책상 위에 놓인 자질구레한 문구들을 이것저것 집어 올려 만지작거린다. 기누요도 긴장하고 있는 건지 모른다. 이윽고 내 옆에 눕는가 싶더니, 다시 책상 쪽으로 기듯이 다가간다.

"저 상자는 뭐지? 굉장히 큰데?"

"아, 그건 만지면 안 돼."

순식간에 네 발로 팬시 상자 앞까지 기어가 상자를 지키듯 주저앉았다.

"어? 왜?"

나도 잘 모르겠다. 단지 이 상자가 왠지 안쓰럽다.

"그만 신경 끄고, 얼른 자자."

팔을 뻗어 전등 스위치 줄을 잡아당겼다. 방이 어두워지고, 나는 기누요 옆으로 돌아가 이불 속으로 기어 들어갔다. 암흑 속에 에어컨 돌아가는 소리만 울려 퍼진다.

"라이벌이 아이돌 스타라……."

돌연 기누요가 놀리듯이 귓가에 속삭였다.

"갑자기 또 이상한 소리한다."

"니나가와가 올리짱한테로 달려갔을 때, 하쓰, 너 굉장히 슬퍼 보였어."

"그런 거 없어."

"그런 거 있어."

기누요가 완고하게 말한다. 내 표정은, 내가 모르는 사이에, 내가 모르는 기분을 내비치고 있었는지도 모른다.

그건 그렇고, 베란다의 니나가와는, 지금, 무슨 생각을 하고 있을까? 그의 이불은 여전히 텅 비어 있어서, 기누요와 한 이불에 누워 있는 내게는 그 공간이 무척이나 넓어 보인다.

"니나가와가 된통 혼난 건 안됐지만, 이렇게 같이 자면서 얘기도 할 수 있고, 좋다, 그치? 아, 오늘 일, 빨리 애들한테 얘기해 주고 싶다."

어둠 속에 기누요의 말이 둥실 떠올라 희미하게 빛난다.

애들한테…….

그렇구나, 지금 이렇게 가까이서 이야기하고 있는데도, 기누요의 세계는 나나 니나가와가 아니라 그녀 그룹의 '아이들'이구나. 긴긴 여름방학은 나와 기누요 사이에 한층 더 먼 거리를 만들겠지. 그리고 그 방학 끝에 놓인, 변함없이 숨 막힐 2학기.

가장 견디기 힘든 건 수업 사이사이 10분간의 쉬는 시간. 왁자지껄한 교실 속에서, 고작해야 폐의 반절 정도밖에 공기를 들이마실 수 없는, 뒷덜미부터 뻣뻣이 굳어 가는 듯한 압박감. 홀로 자리에 앉은 채, 반 아이들이 신나게 떠들고 있는 한쪽에서, 손톱만큼의 흥미도 없으면서 다음 시간의 교과서를 펼치고 들여다보는 시늉을 하는. 이 세상에서 가장 긴 10분간의 쉬는 시간. 자리에서 꼼짝도 못하고 무표정한 얼굴로 조금씩 죽어 갈 자신을, 아주 생생하게 상상할 수 있다.

불길한 상상을 떨쳐 내기라도 하듯, 나는 반 아이들에 관한 이야기를 시작했다. 기누요는, 친구가 없어서 정보망도 없는 주제에 반 아이들의 인간관계를 줄줄이 꿰고 있는 나를 놀라워했다. 하지만 둘다 졸음이 쏟아져서 이야기가 뚝뚝 끊어졌다. 기누요의 목소리가 점점 잦아드나 싶더니, 이윽고 평온하고 깊은 숨소리로 바뀌었다.

책상 위에 놓인, 문자판과 바늘에 형광 도료가 칠해진 자명종의 바늘이 세시 반을 가리키고 있다. 나는 졸리면서도 잠을 이루지 못했다. 니나가와가 아직 베란다에서 돌아오지 않았다. 벌써 잠들어 버린 걸까? 보러 가고 싶지만, 혼자 있고 싶어서 베란다를 택했을 그를, 방해하고 싶지는 않았다.

이불 밖으로 드러난 발끝이 시려 왔다. 에어컨 바람이 너무 세다. 고른 숨소리를 내고 있는 기누요를 깨우지 않도록 조심하면서, 네 발로 기어 다니며 에어컨의 리모컨을 더듬어 찾는다. 얼마나 그렇게 다다미 위를 더듬고 다녔을까. 드디어 요 밑에 깔린 리모컨의 딱딱한 감촉이 손끝에 전해졌다. 리모컨을 머리 위로 들어 올려, 오프 스위치를 누르자, 찬 바람을 내보내던 낮은 기계음이 삐, 소리를 내더니 멈춘다. 순식간에 고요해진 방 안에 기누요의 희미한 숨소리만 들려온다.

잠시 망설인 끝에 몸을 일으켜 커튼 사이를 비집고 들어가 베란다 창문을 열었다. 순간 후끈한 공기가 얼굴을 감싸고, 멀리서 벌레들의 가느다란 울음소리가 들려온다. 눈앞을 가로막은 청바지와 타월을 젖히면서 맨발로 베란다에 내려섰다. 베란다는 이미 밤의 칠흑 같은 빛이 아니라 짙은 청회색의 새벽빛에 둘러싸여 있었다.

니나가와가 없다.

아니, 있다.

베란다 한쪽 구석에서 이쪽을 등진 채, 무엇인가로부터 도망치

듯 몸을 작게 웅크리고, 축 늘어져 있다.

"괜찮아?"

그의 몸을 흔들자, "안 자" 하는 낮은 목소리가 되돌아왔다.

"방으로 들어가는 게 낫지 않아? 여기 너무 덥다."

정말 왜 이렇게 더운 거지? 벌써 땀이 나기 시작한다. 주위를 둘러보자 곧 그 원인을 알 수 있었다.

"아, 에어컨!"

커다란 실외기의 프로펠러가, 에어컨을 껐는데도 여전히 빙글빙글 돌아가고 있었다. 에어컨을 켠 순간부터 지금까지, 이것이 줄곧 니나가와를 향해 강렬한 열풍을 뿜어 대고 있었을 것이다.

"이제 껐지? 그럼 그냥 아침까지 여기에 있을래. 움직이는 거, 귀찮아."

니나가와는 더딘 동작으로 베란다 구석에서 몸을 일으켜 문턱에 걸터앉았다. 나도 늘어진 빨래들을 최대한 건조대 한쪽으로 밀어붙이고, 그의 옆에 앉아, 아무 말 없이 밖을 바라보았다.

어둠이 조금씩 걷히면서, 입자가 거친 풍경이 펼쳐진다. 어두워서 겨우 형태만 분간할 수 있었던 집들의 세부―창문이나 지붕에 달린 안테나의 윤곽 따위―가 서서히 모습을 드러내기 시작한다.

파란 기와지붕에 파란 대나무 건조대.

파란색이 평소보다 케케묵어 보인다. 니나가와가 재채기를 했다. 그의 얇은 눈꺼풀, 얇은 입술. 눈도 입도 피부를 쭉 째서 만든 것 같다. 아무것도 없는 곳을 뚫어지게 바라보고 있는 고양이 같은 무표정.

같은 풍경을 바라보고 있지만 분명, 나와 그는 전혀 다른 것을 생각하고 있다. 이렇게 아름답게, 하늘이, 공기가 파랗게 불들어 가는 곳에 함께 있으면서도, 서로를 전혀 이해하지 못하고 있다.

잠옷 차림의 할아버지가 맞은편 집에서 나와 전봇대 밑에 쓰레기봉투를 놓고 가는 게 보인다. 아침이 시작되고 있다. 수면 부족으로 멍한 상태에서 맞이하는 무기력한 아침. 하늘이 점점 밝아지고 기온도 점점 올라가서, 낮이 되면 얼마나 더워질지 짐작하게 하는 아침이다. 눈부신 아침 햇살에 몸이 노곤해진다.

"콘서트에 같이 가 줘서 고마워."

"아니야, 달리 할 일도 없었는데 뭐."

"나, 과학실에서 너한테 '이 모델 만난 적 있어'라는 말 처음 들었을 때, 걸려든 기분이었어."

"걸려들다니, 뭐에?"

"뭔가, 커다란 거……. 거대한 깜짝 프로젝트 같은 거에."

니나가와는 양손으로 커다란 원을 그리는 듯한, 알 수 없는 몸짓을 했다. 바람에 흩날리는 부스스한 머리카락이, 베란다의 회색 벽과 하얀 하늘을 배경으로, 머리끝까지 선명하게 까맣다.

"감전된 거 같았어. 전신의 땀구멍이 다 열린 거 같은 느낌이랄까. …… 아아, 나, 대기실 앞에서, 미친놈처럼 굴어서 욕먹고, 그저 한낱 변태 같았겠지."

그렇게 혼잣말처럼 중얼거리더니, 어두운 눈을 하고는 미소 짓는다.

"아까 올리짱 가까이 갔을 때, 나, 오히려 그 어느 때보다 그 사람이 가장 멀게 느껴졌어. 그녀의 흔적들을 긁어모아 상자를 채울 때보다 훨씬 더."

다음 말을 기다렸지만, 그는 그 이상 아무 말도 하지 않고, 자려는지 바닥에 모로 누웠다. 나에게 등을 보인 채.

냇가의 얕은 여울에 무거운 돌을 떨어트리면 냇물 바닥의 모래가 피어올라 물을 흐리듯, '예의 그 기분'이 저 깊숙한 곳에서부터 피어올라 마음을 흐린다.

아프게 하고 싶다.

발로 차 주고 싶다.

안쓰러움보다 더 강한 느낌.

발을 살짝 뻗어 발끝을 그의 등에 갖다 대자, 힘이 들어가면서,

엄지발가락 뼈가 가볍게 딱, 하는 소리를 냈다.

"아퍼! 뭔가 딱딱한 게 등에 부딪쳤어."

발가락 끝에 닿아 있는 니나가와의 등이 활처럼 휜다.

"베란다 창틀 아니야?"

니나가와는 몸을 돌려 자기 등 뒤에 있던, 먼지가 가볍게 쌓인 좁은 검정색 창틀을 의아한 듯 손가락으로 쓸어 본다. 그러고 나서 창틀 아래에 놓인 내 발로 눈길을 던진다. 엄지발가락에서부터 새끼발가락까지 점점 작아지는 발가락의 작은 발톱들을 바라본다. 모르는 척 시치미 뗀 얼굴로 딴 데를 보는데, 내쉬는 숨결이 흔들린다.

옮긴이의 말

와타야 리사의 『발로 차 주고 싶은 등짝』이 2004년 이후 13년 만에 자음과모음의 청소년 문학으로 다시 출간되었다.

와타야 리사는 이 작품으로 일본 문단 최고 권위의 상이라 할 수 있는 제130회 아쿠타가와 상을 역대 최연소로 수상해 화제가 되었다. 『발로 차 주고 싶은 등짝』은 그 후로도 꾸준히 인기를 얻어 일본과 한국에서 각각 200만 부가 넘는 판매 기록을 세웠다.

불과 한두 시간이면 독파할 수 있는 이 짧은 소설이 이처럼 큰 반향을 불러일으킬 수 있었던 요인은 무엇일까?

그것은 개성적인 인물, 누구나 공감할 법한 내용, 그리고 와타야 리사의 문체 덕분일 것이다.

　우엉 뿌리 같은 다리를 지닌 육상부 여고생 하쓰는 성격이 좀 삐딱하고 모난 외톨이다. 열일곱에 이미 세상을 다 알아 버린 듯 당돌하게 행동한다. 같은 반 남학생인 니나가와는 한 술 더 떠서 오타쿠에 히키코모리 성향까지 있다.

　청춘소설의 두 남녀 주인공이라 하기에는 지극히 실망스러운 외모와 성격을 지닌 하쓰와 니나가와. 때로는 너무 얄밉고 답답해서 콕 쥐어박고 싶기까지 하다. 그런데 참 이상하다. 이 둘을 차마 미워할 수가 없다. 어딘가 모르게 안타깝고 사랑스럽다. 아마도 그들의 모습에서 우리는 학창 시절의 내 모습, 그리고 지금도 불쑥불쑥 고개를 드는 모나고 지질한 내 일면을 발견하기 때문일 것이다. 그래서 나도 모르게 "좀 잘해 봐! 힘내!"하며 하쓰와 니나가와를 응원하게 되는 게 아닐까?

　이 작품을 번역하고 나서 가장 많이 받았던 질문이 있다. 작품의 제목이기도 한 하쓰의 발로 차 주고 싶은 심정, 발로 차는 행위를 어떻게 해석해야 하느냐는 것이다.

　하쓰와 니나가와는 세상과 관계 맺는 것을 거부한 채 혼자만의 세계에 깊숙이 처박혀 사는 듯한 두 남녀 고교생이다. 하지만 실제로는 서로를 지나칠 정도로 의식할 뿐만 아니라 외부 세계의 움직임을 냉철하게 파악하고 있다.

어쩌면 이들은 세상이나 주위 사람과의 관계를 거부하는 것이 아니라 관계 맺는 방법을 몰라서 '고독'을 선택했는지도 모른다. 그렇다면 하쓰가 니나가와를 '발로 차는' 행동은 하쓰 나름의 관계 맺기 방식이 아닐까? 같은 풍경을 보고 있으면서도 분명 자신과 전혀 다른 것을 생각하고 있을 니나가와와의 '소통 불능'을 깨고자 하는.

하쓰와 니나가와는 서로를 만나고 나서야 처음으로 자신의 껍질을 깨고자 시도한다. 그리고 이러한 하쓰와 니나가와의 이야기는 세밀한 묘사, 리듬감과 현장감, 능청스런 유머가 두드러지는 와타야 리사만의 문체로 일본의 일상적인 풍경들과 함께 담담히 전개된다.

이 작품은 번역가로 첫발을 내딛게 해 준 데다가 두 남녀 주인공이 그맘때의 내 모습을 떠오르게 해서 더욱 애착이 갔다. 13년 전에 했던 번역 초고를 다시 손보면서 일본에서 지낸 지난 13년간 아무 성과 없이 고인 물처럼 정체되어 있는 것만 같았던 나도, 시나브로 끊임없이 성장하고 있었음을 실감하는 귀중한 시간을 가질 수 있었다. 감사하다.

　이 책을 읽는 청춘 모두가 어둡고 쓸쓸한 터널 같은 시간을 견디게 해 줄 유일한 내 편, '발로 차 주고 싶은 등짝'을 지닌 나만의 하쓰를, 나만의 니나가와를 꼭 만날 수 있길 바란다.

정유리

발로 차 주고 싶은 등짝

© 와타야 리사, 2017

초판 1쇄 발행일 | 2017년 1월 25일
초판 2쇄 발행일 | 2023년 2월 1일

지은이 | 와타야 리사
옮긴이 | 정유리
펴낸이 | 정은영

펴낸곳 | (주)자음과모음
출판등록 | 2001년 11월 28일 제2001-000259호
주   소 | 10881 경기도 파주시 회동길 325-20
전   화 | 편집부 (02)324-2347, 경영지원부 (02)325-6047
팩   스 | 편집부 (02)324-2348, 경영지원부 (02)2648-1311
이메일 | jamoteen@jamobook.com

ISBN 978-89-544-3711-0 (43830)